藤花　酒說

人生就是一壺酒 冷熱相依 水火相融 陰陽
互補 醉醒各半 多少悲歡離合 多少得
失恩怨 多少悲壯纏綿 多少明槍暗箭
都解不開泡的摔不碎 遮掩徜徉在世
三萬天酒不醉人； 自碎

杨小凡先生於新著 且饮记即将付梓之際
记此数语以为 守在前画的话
壬寅孟秋唐疆书

且饮记

杨小凡 著

天津出版传媒集团

天津人民出版社

图书在版编目（CIP）数据

且饮记 / 杨小凡著. -- 天津 : 天津人民出版社,
2023.1
ISBN 978-7-201-18849-2

Ⅰ.①且… Ⅱ.①杨… Ⅲ.①短篇小说—小说集—中国—当代 Ⅳ.①I247.7

中国版本图书馆CIP数据核字(2022)第190713号

且饮记
QIE YIN JI

出　　版	天津人民出版社
出 版 人	刘　庆
地　　址	天津市和平区西康路35号康岳大厦
邮政编码	300051
邮购电话	（022）23332469
电子信箱	reader@tjrmcbs.com

责任编辑	吴　丹
装帧设计	刘　芳
插图绘制	汪炳璋

印　　刷	天津新华印务有限公司
经　　销	新华书店
开　　本	880毫米×1230毫米　1/32
印　　张	7
插　　页	2
字　　数	94千字
版次印次	2023年1月第1版　2023年1月第1次印刷
定　　价	58.00元

序

这真是一本很好看的书。

好像是——我以为也一定是，小凡专门写给我们喜欢喝酒之人看的书。当然，喜欢喝酒的人之中必定是有个我，所以我才喜欢。怎么说呢？我以为，酒是人类给自己发明的安慰剂，如果世上没有酒，那我们该有多么地痛苦？当然，也不能说有了酒我们就一定会欢乐，但酒起码可以让我们的神经暂时放松一下，让我们先无端端地快乐一下。

忽然就想到知堂先生的一篇关于酒的文字，其中对酒所发表的意见颇合我意，不免在这里先当一回文抄公，文出其《酒后主语小引》这一篇小随笔：

现时中国人的一部分已发了疯，其余的都患着痴呆症，只看近来不知为着什么的那种执拗凶恶的厮杀，确乎有点异常，而身当其冲的民众却似乎很麻木，或者还觉得舒服，有些被虐狂的气味，单单的一句话，大家都是变态心理的朋友，我恐怕也是痴呆症里的一个人，只是比较的轻一点，有时还要觉得略有不舒服，凭了遗传之灵，这自然是极微极微的，可是，嗟夫，岂知就是忧患之基呢？这个年头，在疯狂与痴颠的同胞中间，哪里有让人表示不舒服之余地，你倘若有牢骚，只好安放在肚子里，要上来的时候，唯一的方法是用上好黄酒将它浇下去。

知堂先生针对那即将要"上来的"满肚子里的牢骚的办法，是决然把"上好之黄酒"兜头浇下去，这真不失之为是一个好办法，这也说明了酒的好处。但对于真正喝酒的人来说，如果把黄酒和白酒同时拿上来，我想还是以选择烧刀子般的高度白酒为妙，绍兴的黄酒当然也是好喝的，比如说就着江浙一带的腊鱼咸肉，或者是哪怕是来一盘极简单的"臭三样"，这个酒这个菜在风雪或阴雨的时候真是无比得好。而烧刀子般的白酒的好或许有温良的"上好黄酒"无可比拟之处，关于这一点，我不便多讲，概因为小凡在这本书里已经讲得十分地好了。

在看这本书稿的时候，因为几乎是篇篇都在说酒，所以时时引动着我的酒肠，也真不知一边看这个书稿一边喝了有多少杯酒。因为是一边看一边喝不便大张旗鼓，所以也只能是花生米剥剥、臭皮蛋磕磕，但酒是一杯一杯地喝下去很多。

这本书的好，就好在里面所收录的小说，无一例外都是关于喝酒的，这真是一本酒香扑鼻的书。

在北方，民间有这样一句话，像是酒鬼们在那里自夸，但说得确实好。是说家里若有客人来，或客人进门之际，一般总是要找几句话来客气客气。主客相对总不能一言不发，关于进家之际主客一碰面说什么话或怎么说，据说是可以看出一个人的品性优劣，民间的总结是八个字：好汉问酒，孬种问狗。问酒必是好汉吗？我以为是的，但这句话说出来不免是要得罪那些不爱喝酒的朋友。说到这里，便又想到朋友们酒后的种种欢愉，这倒要恳请小凡不妨再写一本关于朋友们喝酒的书，再出个本子。

这篇小序写到这里，又让人忽然想到了古人说的另一句话，原话记不大清了，又不想去翻书，大致是这样的意思：三日不喝酒形神不复相亲。形与神不复相亲当然是一件可怕的事情，所以说，喝酒真是一件颇让人愉快的事。如果没有酒，我们怎么办？我们的生活该会多么郁闷？曹操是我喜欢的，他的"何以解忧，唯有杜康"说得真是好。

因为喜欢酒，所以真是喜欢这本书；因为喜欢这本书，所以我也许就会更爱酒。

写这篇小序的时候，我手边正好放着一瓶酒。我是写几个字就喝一口，不觉又已经下去了五六杯。

著名作家、画家

目录

冯铁腿

在亳州城以西，提起冯铁腿，没有不知道的。关于他的故事，都能讲出来三言两语。

乍一说冯铁腿，你一定认为这是个膀大腰圆、浓眉赤目的武功高手。其实，你想错了。冯铁腿没有成名之前，就是个见酒必醉的人，瘦得麻秆一样，身板往高里说也过不了六尺。他住的村子叫冯大园，村子有上百年种菜的历史，家家都是种菜的行家里手。

种菜也是个手艺活，虽说人人都会种，但还是有差别的。冯铁腿祖上一直种芹菜和青萝卜，冯家的芹菜有一绝，就是满口脆，没有渣；冯家的青萝卜色如碧玉，脆甜不辣，掉在地上，能摔几瓣，响遍亳州城。城里人，沏一壶好茶，斟一杯小酒，将萝卜在桌子上一蹾，萝卜就裂成几瓣，咬上一口，嘎吱作响，周身清爽。于是就有"冯家萝卜一大怪，青菜当成水果卖"之说。

冯铁腿的真名叫冯萝卜，这是他爹从小给他起的名号。很显然，是希望人与菜齐名，靠萝卜过上好日子。冯萝卜没有完全听他爹旨意，却染上好喝酒的毛病。每次去集上或亳州城卖菜，回到冯大园时，一定是喝得晕乎乎的。没结婚时，他爹管得严，没有真正大醉过。结婚分家另过后，他成了家里的主人，媳妇又管不了他，他每次都是骑着挂菜筐的自行车，蚰蜒找路一样回到村里。

卖萝卜的季节在秋天，入秋后天就短了。每次，从亳州城回到家时，几乎月亮都出来了。有不少次，媳妇和儿子都睡了。不知从哪天起，冯萝卜醉酒后，在院子里看到月光下自己的影子，就开始追、抓、喊、撵，不停地用双腿踢、弹、踹、踩、挑、扫——媳妇认为他是喝醉了耍酒疯，劝不住他，也不敢靠近劝他，唯恐被他踹倒。每次他都要这样折腾一两个时辰，一直到浑身流汗，累倒在地，才算停下。一传十，十传百，日子长了，冯萝卜把自己当贼抓的事便传开了。冯萝卜的菜摊子前总是围满人,有的人是为了买萝卜,有的人并不买萝卜,就是为了看一眼这个人到底是咋回事。

萝卜年年新,岁月催人老。不知不觉间,冯萝卜也快六十岁了,孙子都娶了媳妇,他与老伴还是年年种菜,天天卖菜,每次卖完菜都会在街上喝几杯酒,照旧是晕乎乎地才回到家里。

这年中秋,冯萝卜用电摩托拉着头茬青萝卜,来到亳

州城的白布大街。一街两巷的人，转眼间就把两筐萝卜抢完了。冯萝卜看着这些老食客的笑脸，心里乐开了花。

一闻香酒楼就在白布大街南街口，这是冯萝卜的老去处。老板见他进来，就麻利地把一盘花生米、一盘烩牛杂、一瓶老古井端了上来。冯萝卜喝酒都是坐在靠门的小桌旁，自喝自饮。端起酒杯看街上行人，街上的行人也把他当成了风景。

一瓶酒见底，冯萝卜酒意正浓，他把钱放在桌子上，给老板打声招呼，起身出门。正在这时，从街北头跑来两个粗壮的年轻人，后面十几个人追喊着："抓小偷！抓住这俩小偷！"

冯萝卜向前蹿了一步，一个勾腿，前面这人扑通一下倒地。后面那个小偷，一愣之间，被冯萝卜一个扫堂腿，也扑通趴在了地上，向前蹿出了三尺多远。

让冯萝卜后悔的是，他并没有怎么用力，这两个小偷每人都断了一条腿。街道派出所民警来了，觉得冯萝卜出腿太重，但毕竟是见义勇为，何况又是六十岁的老人了，这是必须表彰的。自从这一天，冯萝卜便被人尊称为冯铁腿了！

这还了得，六十岁的老人，瘦得麻秆一样，竟有这般腿功！冯铁腿成了大家口中的武功高手。前来冯大园拜师学艺的年轻人，一拨接一拨。冯铁腿坚决不收，他说自己根本不会什么武功，就是一个种萝卜的。

学艺心切的年轻人哪个肯信，谁都知道名师难拜，这些人也是真有耐心。

这些年轻人看直接拜师不行，就拐了弯，说要跟冯铁腿学种菜。这下，冯铁腿不好说不收，就收下了四个年轻人。日子一天天过去，大棚的萝卜都种出了两茬儿，他们还是没有从冯铁腿这学到半点腿功。这天晚上，四个徒弟终于把冯铁腿喝多了。正好院子里月光正浓，冯铁腿出了院门，又见自己月下的影子，便不由自主地抓起贼来。月光下，他对着自己的影子，追、抓、喊、撵，不停用双腿踢、弹、踹、跺、挑、扫……

年轻人见冯铁腿真的并没有什么神招，像跑了气的皮球，没了希望：这功夫自个儿也能练成，哪需要拜师呀！当晚，就走了仨，只有一个叫刘战士的没走。第二天清早,冯铁腿说:"你咋不走?"刘战士笑着说:"我喜欢吃师傅种的萝卜,也喜欢喝二两!"

一转眼,三年过去了。这天后晌,一辆小轿车停在了冯铁腿的家门口。车上下来三个年轻人,拎着酒菜进了冯铁腿家门。冯铁腿就笑着说:"好啊,好啊,我去菜园给你们弄萝卜去!"

冯铁腿去大棚的这段时间,三个人要跟刘战士比试比试,那意思很明显,就是看看你这个傻小子学出腿功没有。刘战士推托说没学到什么,拒绝比试。越是这样,这三个人越是逼他非比不可。这时,冯铁腿扛着一篮子萝卜回来了。他一眼就看出来这三个人的来意了。

他放下篮子,指着院子里那棵有碗口粗的泡桐树说,"战士,你给这树一腿,让仨兄弟看看!"刘战士看了一眼冯铁腿,有些为难。他从没有试过自己的腿功呢。冯铁腿笑着向刘战士努了努嘴,说了声,"不出腿,这酒不好喝啊!"

刘战士从坐着的凳子上起来,提了一口气,向前一腿过去,只听咔嚓一声,树齐刷刷地断了。

当晚,五个人喝得大醉。三个人齐齐地跪在冯铁腿面前,"师傅,俺咋没练成呢?"

冯铁腿望着月亮又喝一杯,然后才说,"能打到自己的影子,就练成了!"

姬疯子

姬疯子原名叫姬朝贵,二十几岁时在105国道道班里工作。这个养路工的工作,是从他父亲手里接过来的。

二十世纪八十年代末期,我们这里的养路工是可以接父母的班的。姬朝贵的父亲从不喝酒,是谯城道班的模范人物。别的巡道工一般都马马虎虎的,有时根本就不去道路上走,就填写记录。而他跟别人不一样,无论刮风下雨,他都坚持巡查道路,而且记录认真。有人说他迂,有人说他傻,他自己却不这样认为,他说这是国道,说不定哪天国家有了大事,国道出问题了,可了不得啊。时间长了,人们就喊他"姬模范",其实,是有点讽刺他的味道。但他装听不见,依然笑呵呵地坚持到退休。

姬朝贵顶替进了道班后,却与他父亲完全不同。虽然,他干的还是巡道这活,但他比那些老人还马虎,极少去路上。道班孤零零地在路旁边,里面就五六个人,跟外界也很少接触,怪孤独的。姬朝贵白天就看金庸、古龙的武侠小说,一本一本地看,一遍一遍地看;晚上,他就喝酒,酒也不讲究牌子,只要是酒就行,菜也不讲究,只要能下酒就好,管他鸡鸭鱼肉萝卜白菜还是酱豆腌黄瓜。

　　有一次,省公路局来抽查,正好抽到姬朝贵。他的记录本子上竟把一个月的记录都填上了"正常",这才半个月不到,后半个月都填好了,明显的弄虚作假。他被抓了典型,降了一级工资不说,连巡道工也不让他干了,让他进了工程班,干起了修补道路的苦工。

　　他是一万个不想干,但这时他已娶了媳妇,生了儿子,一家人全靠他的工资糊口,不干不行啊。就这样勉强地干一天,应付一天。大约是1990年春天的一个晚上,他们所在的路段上发生一起严重的车祸,一辆机动三轮车与大货车撞了,三轮车上的人四死三伤。有两个人被撞散了架,胳膊腿被撞得东一截西一块的,另两个人也血肉模糊成一堆。交警拍了现场,火葬场的车子也来了,可火葬场的人竟不敢收尸。

这时候,姬朝贵他们道班上的人闻讯也来到了现场。交警队长无奈,就说:"谁敢收拾,给五百块钱!"火葬场的人还是不干。交警队长急了,就说:"一千谁干!"这时,姬朝贵想想说:"我干!"

说罢,他回到道班戴上作业手套,便干了起来。这之后,人们就喊他"姬大胆"。姬朝贵却笑着说:"人都死了,怕个球!再说了,收尸人自古都有,让人体面地入土也是积德。"后来,遇到大的车祸,交警队常常让人喊他去收尸。收尸成了他的第二职业,而且收入很高。他会根据现场的情况报价,基本上干一次能顶一个月的工资。再后来,发生凶杀案或遇到投河、上吊等非正常死亡的人,也请他去收尸。他成了谯城有名的收尸人。当然,干这活的收入很高,远远高于他的工资几倍。随着挣的钱多了,他的酒量也越来越大,每天至少八两,多的时候能喝一斤多。

他这样喝酒，媳妇和儿子也理解他，那么恶心的活，不喝酒是不行的。他每次出工时都在身上装一瓶酒，到了现场，咚咚咚就着酒瓶喝上三两或半斤，然后才戴上口罩、戴上手套开始工作。

五十岁那年，他病退了。他也确实是有些病，长期大量喝酒血压和血糖都高得厉害。再说了，道班的同事包括领导也对他从事的这个第二职业感到不舒服，退就退吧，早退少恶心人。退休之后，他专业干起了收尸这活儿。不仅如此，他还干起了给死人美容的行当。由于业余干了快二十年，交警、公安、医院都有了名号，遇到这样的事首先就找他。他收费的标准也越来越高，有时一次收费能过万元。

他专业干了六年后，突然不干了，说是自己身体不行，这活儿干不了了。有人说他是想提价，谯城他是独一份干这活儿的，有资本搁挑子或者提价。也有人说，他是发了横财，在交通事故现场收尸时，拿了死者的钱和名表。这件事虽是传说，但也极有可能是真的，突然发生交通事故，死者身上不可能没有钱或什么贵重的东西。不干不行啊,交警队还是常常给他打电话,求他到现场。现在,车多了,尤其是高速公路上,有时车撞得是很惨的,遇到撞烂的死者,必须要规整和缝合的。后来,他只接交通事故的活儿,其他现场坚决不去了。这就有人又说了,交通事故有油水,他当然要干了。

姬朝贵确实挣了不少钱。他在城里不仅买了独院别墅,而且还有十几套商品房,他的儿子,也开上了宝马车。这时,嫉妒他的人更多了,说他发了死人的财,也有一些人背后诅咒他不得好死。他肯定能听到,但从不搭茬,任人们背后如何说去。只是他喝酒越来越厉害了,而且不知从哪天起,喝醉后就会大哭不止。这样又过了一年多,他似乎真的疯了,每次喝酒后都大哭一阵子,哭的声音变来变去的:有时是年轻男人的声音,有时是女人的声音,有时粗声大嗓,有时细腔细调。人们就背地里说,这是死人向他讨钱财来了,果真报应了。

这样又过了半年多,姬朝贵真的疯了。整天拎着个酒瓶在家哭哭啼啼地喝酒,有时,还跑到大街,边哭边喝。

大约这样过了一年，他终于还是死了。

不少人背后说，活该！

洺流苏

亳州是长寿之乡，百岁老人有四百五十多人。

十年前，我当时作为市政协文史委的兼职副主任，曾主持过"百岁老人民间走访"活动。那年春天，在安溜古镇，我见到并访问了一位号称庚子年出生的老人——洺流苏。

惠济河从河南省东流，入安徽境后水面突然宽大溜急，依南岸而生的古镇便被称作安溜。安溜是由河南通安徽的水上要道，古镇已有千年历史。现存有依水而上的七十二步登天梯，古老的石条梯或隐或现；对着天梯的南岸西首有座"明里宫"，据说是明代为纪念孔子在此处向老子问礼而建；明里宫前方二十米的地方有棵古槐，该树身粗如磨盘，中间已腐朽而空，可容纳一人，但槐树枝繁叶茂，这棵树有七百多年，冠大三十米左右，因长在安徽和河南的界石旁，真正是"一棵古槐照两省"。

洺流苏老人的家，就在这棵古槐的南面。每到秋天，槐树的叶子便会落满他家的院子。

洺流苏说他是庚子年出生的，可能不太准确。当时推算，如果真是庚子年出生的，他应该有一百一十岁。但也没有充足的否定理由，一百岁以上他肯定是有的。那时，他行动自如，腮红发白，记忆清晰。说起陈年旧事，瓜清水白的，且与当时的情况并没有大的出入。

洺流苏是这位老人的外号，老人真名叫苏旭初。他的祖上以酿制"洺流酒"而富足百里，他也以日日必饮"洺流酒"而长命百岁，人们便送他"洺流苏"的外号。时间长了，知道他真名的人极少，他自己也极少想起这"苏旭初"三个字。

苏旭初老家并不在安溜镇上，而是在洺河北岸的洺庄。洺河是惠济河的支流，从西向东南在安溜镇二里入惠济河。洺河与惠济河之间被称为"夹河套"，夹河套势高平坦、土肥水丰，自古盛产谷子。而谷子正是酿制这种"洺流酒"的唯一原料。

那天，苏旭初老人兴致很高，他先让我及同行品了洺流酒。这酒金黄透明，米香清雅，入口滑润如锦触喉，酸中带甜，绵柔爽净，柔香回味无穷。一杯落肚，顿觉神清气爽。

苏旭初老人,桌子上放着一壶一杯,说一会儿抿一口,如仙人一般。他说,这酒必须用夹河套产的红黏谷子作料,自制香叶曲和祖传中药配方。香叶曲制作现在基本失传,每年阴历五月十五,取熟面的甜瓜捣浆加麦麸,团成拳头大的小团,用南瓜叶包裹,悬于檐下,自然老熟成曲。曲为酒之骨,曲做不好就一定酿不出好酒来。曲成,点燃干木柴,把黏谷子用土锅柴灶,大火蒸烀,文火焖焐,然后拌上香曲,加入十八味中药,置在阴凉处让其自然发酵。发酵成熟,再用双层瓦缸细淋,金黄粘稠、甜香扑鼻的美酒便流了出来。

苏旭初老人边喝着酒边说,这酒还有几个名字,也有人叫它"米露酒""小米酒""药引子酒""月子酒""希熬酒"。每一个名字都是从它的质地上去说的。这酒二十五度,一斤酒净含黏小米三万粒,一粒不多一粒不少。说罢,苏旭初很自豪地笑了起来。

后来,我们专门请教了保和堂传人张先生,他从医理上对洺流酒做了解释。他说,这酒是咱亳州独有,传说中药配方是精通养生之道的陈抟所留。其酒,性味辛温,具有祛风散瘀,通血脉散湿气之功效,用于加强通调血气,引药上行与寒性药物同服,可缓解其寒性,与滞性药物同服,可助其走蹿。引药入经直达病灶,提高疗效。

那天离开的时候,苏旭初老人非要送我们每人一斤酒。当我们推脱不掉,把酒收下后,他以儿童般的神秘语气说:"这是神医华佗悬壶济世的'药引子',陈抟老祖长寿一百八十岁的饮品,曹操、关公用它'温酒斩华雄',孔子在这明里宫向老子问礼时喝的也是这酒。"

我们挥手告别的时候,苏旭初老人声音响亮地说:"别忘了,这酒冬天温着喝,夏天冰着喝!我争取活够两个甲子年呢。"

苏旭初老人是在我们分别后的第二年春四月走的。据说,他那天坐在院子里喝酒,三杯酒下肚,就坐在椅子上睡着了。

古槐上飘落的槐花,洒在他的身上、桌子上、酒杯里,清香四溢。

雕　公

　　说来也奇怪，我所在的小城并不大，我怎么就没有见到过这个大名鼎鼎的雕公呢。雕公的全名叫什么，我肯定是听说过的，但记不太清了。我对他的了解都来源于传说，所以您就当个故事听听吧。

　　雕公被人尊为雕公之前，有过另外几个称呼：雕右派、老雕、雕老师、雕八两、雕小鸡。加上雕公，这六个称呼，其实就是他一生的写照。

　　雕公是江南人，具体是哪州哪县说不太清了，但是他在南京林学院上过大学是确定的。1962年春天，他以右派的身份，下放到了我们国营亳县核桃林场。这个林场，是国家投资兴建的，也是亚洲最大的核桃基地。据说是当时食用油的战备林场，由部队和省里直接管理，所在地方政府插不上手，基地里的人和事就神神秘秘的，出来的消息基本都是传说。

雕右派在基地的表现，外面的人不知道。基地周边的农民，偶尔也被派去帮助农场的林业工人干干除草、浇水之类的活计。渐渐地，周边农民都知道这里面有个十分有本事的雕右派。这个人面色白净，穿着齐整，不吭不响，不婚不娶，每日必饮酒。又过了几年，雕右派常常走出农场，到附近的村子里买农民的鸡蛋下酒。时间长了，便有几个固定的村妇定时给他送鸡蛋过去，换点儿称盐买油的零用钱。这时候，他的名字已变成老雕。年龄也大了么，四十多岁了，称老雕，也颇为合适。

二十世纪七十年代末八十年代初，核桃林场慢慢发生了变化。先是驻守的部队撤走了，接着林场从省林业厅划给县里，打下的核桃好像也越来越难出口了。这时，当地的人才有机会吃上这大如小鸡蛋的薄皮核桃。

大约是1981年春天，老雕从林场调出，被安排在县第一中学教高中语文。这时候，老雕变成了雕老师。雕老师语文教得很好，每次上课都是把课本往讲台上一放,并不翻开,就用那软软清脆的江南语调,娓娓讲来。当年,他带的高三语文,那个班里在高考时就有四人考取了重点文科大学。雕老师一下子成为县城的名人,不仅是教育界,就连小城的市民也都议论起来:一中有个雕老师,语文教得顶呱呱!

随着一届一届的高考,雕老师被越传越神,关于他的一些奇闻秩事也越来越多。

除了教学之外,传得最多的就是关于他喝酒的事。他一天三喝,早上一两、中午二两、晚上半斤,又称雕八两。其实,听他说这是很科学的,早上一两是头天晚上的还魂酒,中午二两是晚酒的引子。他喝酒也有讲究,只喝古井玉液,那时古井玉液三块零五毛一瓶,并不算便宜。但他那时已是一级教师,又没有成家,工资的绝大部分用来喝酒和抽烟。雕老师虽然这样喝酒,却从没有误过上课,而且课越上越好,学生越考越多。时间长了,人们就说酒是雕老师的魂,不喝酒兴许教不出这么好的课来呢。传来传去,他的名字又被人们叫作"雕八两"了。

雕八两喝酒讲究，只喝古井玉液。下酒菜也讲究，并不吃大鱼大肉，而是只吃白布大街上有两百年历史的"紫阳酱菜坊"的小菜，酱黄瓜、酱地瓜、清腌雪里蕻、五香萝卜干，外加必不可少的毛鸡蛋。

我们这个小城的人懒，就连说话也是能少一句就少一句。比如，这里人把"旺蛋"和"活珠子"统一简称为"旺蛋"。其实，它们的差别是很大的，甚至可以说是两种不同的东西。旺蛋是鸡蛋在孵化过程中受到不当的温度、湿度或者是某些病菌的影响，导致鸡胚发育停止，死在蛋壳内尚未成熟的小鸡。极有可能因破烂被细菌感染，人吃后，对健康极为不利。而活珠子则是十四天左右的正在孵化中的鸡蛋，人为地停止孵化，蛋里面已经有了头、翅膀、脚，鸡蛋里能挑出骨头的孵化物是大补品，具有养颜美容、保健补血等功效，其营养价值高，味道更加鲜美。

当然，雕八两吃的是活珠子，而非旺蛋。他的吃法也极为简单，首先洗干净，为防止鸡蛋破裂鲜美的汁流失，就用冷水小火慢煮，不用加任何的盐之类的佐料，十五分钟即可。吃的时候，选鸡蛋大的那头敲破轻吸，吸喰中鸡胚胎会随汁进入口中，然后再剥开蛋壳。这种亦鸡亦蛋的活珠子，蘸着用酱油、芝麻油、辣酱、蒜汁、姜末、香葱、芫荽调成的料汁，入口之后既有鸡的骨感又有蛋胚的醇香，真是人间美味。

话说这一年，雕八两已经退休五年了，但仍然被学校返聘教着课。春天，正是吃活珠子的最好时节，固定给他送活珠子的老张，这天下午送来了二十几个活珠子。雕八两喜色满面，由于下雨老张没来送，已经有三天没吃到这物了。他接了一盆清水，一个一个地搓洗着，准备一次煮完。洗着洗着，当洗到第九枚时，蛋壳突然裂纹了，用手轻轻一敲，小小的鸡嘴和毛毛的鸡头竟慢慢拱了出来，一只小鸡竟破壳而出。雕八两心里一惊：差点没把这活活的小鸡给煮了！

他又仔细地检查剩下的鸡蛋，并没有发现裂纹的。但是他心里却翻江倒海起来，这么多年不知道误吃了多少个活着的小鸡啊！于是，他决定从此不再吃活珠子了，而且把这只小鸡养起来。

这只小鸡还真是奇了,第二天就在地上走来走去,而且雕八两走到哪里,它就跟到哪里。我们的雕八两对这只小鸡越来越有感情了,精心地喂养起来。半个月以后,这只小鸡就不愿意离开雕八两了,他走到哪里,它跟到哪里,他到教室去上课,它就站在门外面一动不动地听。春天过了,夏天来了,夏天又过去了,秋天也来了,这只小鸡就成了雕八两的跟脚鸡,几乎与他寸步不离。于是,雕八两又被人们背地里喊成"雕小鸡"。

　　雕小鸡酒照常喝,只是下酒菜只剩下"紫阳酱菜坊"的小菜,而没有活珠子了,甚至连鸡蛋也没有再吃过。这只鸡是公鸡,红黄相间的羽毛,火红的鸡冠,走路一摇三摆,高步蹈跳,很是威武;叫起来清脆嘹亮、抑扬顿挫、高昂之时突然收住,与著名男高音帕瓦罗蒂大有一比。于是,雕老师和这只公鸡,成了小城一景。

　　这只公鸡陪我们雕老师八年后,在春天里老死了。这年冬天,雕老师也死了。据说,一天晚上,他喝过酒再也没有醒过来,属于在醉梦中离世。我们小城人称这样的人是积了大德,无病无苦地走了,是大吉祥。因他无儿无女,也联系不到家人,学校里出面把他安葬在了烈士陵园。这个陵园是公家的,安葬着一千多位在战争与和平建设期间,成为烈士的人。由于他几十年教育学生有功,县教育局给他开了追悼会,立了个石碑,很隆重地把他安葬了。他死后,人们再谈论他时,便不知不觉地改了称呼,一律称他为雕公。这是因他培养学生有功,也是小城人的厚道。

想来,雕公在九泉之下,也该是快乐和欢喜的。

喝早酒的八哥

在亳州，我以为最有味道的早餐点，一定是位于三圣庙西边路旁的那个。

这个早餐点是露天的，位置极佳。西边是三圣庙，东边是段老谋墓地公园，东流的涡河和南流的陵西湖交叉成"丁"字形，陵西湖西五十米平行向南有座直通老街的"大地桥"，桥与涡河南岸相交的东南角，便是闻名全国的"花戏楼"了。小摊点在桥北头，就在这丁字形的胳肢窝里。

我看重这个早餐点，其实并不只是它的位置，关键是地道的小吃。这个早摊点由姓海和姓朱两家人搭手经营，海家卖油条，朱家卖豆沫。

海家是回民，老海负责面案及下锅，媳妇负责翻油条、捞油条、卖油条;摊前的案板上有个油光发红的木头方盒,食客吃过了把钱放里面,找零也是自己从盒子里拿。当然,现在摊子前也挂上了带支付宝和微信的二维码,吃过了,自己扫码付即可。海家油条不用膨胀剂和发酵粉,更不用洗衣粉,而是用白矾、精盐,油也是一次性的芝麻油,炸出来的油条自然还是老味道,焦、酥、香、脆。

朱家的豆沫就更有讲究,家谱记载他们家的豆沫成名于乾隆年间,用料、配方没有任何改变。这么说来,食客喝的就是乾隆年间的味道。豆沫是装在一个大铁壶里,壶外面用棉花和白布层层包裹,即使在三九天里,倒出来的豆沫依然烫嘴的热。倒豆沫的是个三十多岁的年轻人,叫朱幸福,人长得高高大大、方脸大眼、通关鼻梁,真可谓一表人才。他母亲坐在一旁刷碗,或者收拾碗里套着的油纸袋。眼观豆沫,里面有炒得焦黄的豆腐丁、碧青的葱叶、精短的红薯粉条、炒碎的通红色花生瓣。据朱幸福给我说,他家豆沫用料有黄豆、绿豆、豌豆、小米、高粱,是浸泡一天后,用石磨三遍磨成,加上牛骨头汤熬制的。

这样的豆沫加油条，是亳州城独一份。自然，每天都有好这一口的食客，早早地来到摊前排队。八点前准时收摊，来晚了就要再等一天了。

这时候，我要写的主角该出场了。他就是一位手提鸟笼的黑衣老人和一只乌黑的八哥。老人应该有七十岁上下，沉默不语，我有上百次和他都在这吃早点，却没有听到他说过一句话。倒是那笼子里的八哥，每天都喳喳地叫，而且会说"你好""喝酒""走也！"颇惹人爱。老人叫什么名字，我不知道，问过倒豆沫的朱幸福，他也没说得

清,只说是河南岸南京巷那条街上的。他每天都要喝早酒,他的那只八哥也喝早酒,而且人和鸟都一身的乌黑。于是,人们就把他和那只八哥一齐称呼了:喝早酒的八哥。

我是上班路过这里,每天几乎都是七点准时到。我每次到时,"八哥"都已经坐在一方小矮桌前了。老人面前雷打不动地放着一碗或喝了一半的豆沫,盘子里两根或剩下的一根油条,盘子旁边是一瓶刚打开或喝了一半的古井酒。这老人,每天一碗豆沫、两根油条、一瓶古井酒。

有不少次,我亲眼看了他吃早餐的全过程。拎着鸟笼从河南岸过大地桥而来,坐下,打开鸟笼,八哥从笼里优雅地出来,仰头叫三声"你好",然后,飞到他的左肩上。这时,朱幸福会倒一碗豆沫送到他面前,同时,帮他从老海的油条摊前捡两根油条,放在盘子里端过来。老人并不说谢,而是微笑着向朱幸福点一下头,算是致谢了。

老人并不忙着吃,而是从随身拎着的白布袋中,掏出一盒黄山烟,再掏出一瓶没有开口的古井酒。把烟点着,吞吐一口,这才拧开酒瓶盖。再抽几口烟,才把酒先倒入翻过来的酒瓶盖中,这是那只八哥的酒。站在他左肩头的八哥,见酒倒好了,就会喜喳喳地叫两声"喝酒""喝酒"!这当儿,老人才拿起酒瓶,对着瓶嘴儿,咚咚咚三口。这三口喝下的足有半瓶。接下来,他会掰开半个油条,放在桌子上,这是八哥的。八哥用尖嘴啄一口酒,叼一小块油条;老人喝酒也放慢了,喝一小口,吃一小截油条。不时,八哥还与老人对视几眼。那眼神,如同父子般知己和亲切。

在那里吃早点时间长了,关于老人的身世,我还是听到了只言片语。连缀起来,大体是清晰可信的:老人姓康,民国时康家是亳州古城八大家之一,家里有缫丝厂、钱庄和布店,1949年春天,康家变卖家产后逃到了台湾,只有他父亲和母亲带着他留了下来;这老人年轻时聪明过人,考取了清华大学,后来不知什么原因就退学回来了;回来后先在亳州二夹弦剧团干过,后来又到丝绒厂干;二十世纪九十年代,厂子倒闭了,他就再也没有工作。他一生未娶,终日与八哥为伴。

三年前,政府修陵西湖湿地公园,早摊点被取消。从此,我再没有见过这位姓康的老人和他那只爱喝早酒的八哥。

今年春天疫情刚刚稳定,早上我到老街上遛遛。走到纸坊街口时,突然听到朱幸福叫我。原来,他和海家搭伙的早点摊,搬进了这街头的两间铺面里。

我走进去,里面的人并不多,也就那么十来个人。朱幸福给我倒了碗豆沫,有些无奈地说:“不少老主顾,不知道这儿呢!”

我又环顾一下正在吃油条喝豆沫的人,就问:“喝早酒的八哥呢?”

朱幸福叹了口气,“有两年没见到了。我去南京巷找过他,有人说他死了,有人说他去台湾了。他独来独往的,没人能说得清。”

“他和那只八哥喝酒挺可爱的,怪想他们的!”我有些失落地说。

这时,旁边一位老人喝了一口豆沫,低着头接腔说:

“爱喝酒的人，谁没有伤感！唉，可惜了。”

“嗯，可惜了。再也听不到那八哥说‘走也’了！”说罢，我猛地喝了一口冒着热气的豆沫。

还是老味儿！

宁天泉

三百六十行，一行也只能有一个第一，亳州人也就只认这个第一。

这样一来，在亳州想混出名号，着实不易。亳州有宁天泉这个名号，全仗着他的"宁天泉"槽坊和独一份的手艺。

亳州不仅是药材之都，同时也是酒乡。公元196年，曹操曾将家乡的九酝春酒晋于汉献帝，九酝春便风行全国。明朝沈鲤又将九酝春酒奉给皇帝，从此，九酝春酒就成了皇宫独享的贡品，平头百姓就没了品尝的份。九酝春酒不让咱百姓喝，咱可以酿其他酒啊，于是，亳州酒业兴旺起来。到了民国初年，光城内就有槽坊一百一十多家。这中间，最有名的要数宁伯仁在老砖街的"宁天泉"了。酒以人名,人因酒显,时间一长,"宁天泉"的老板宁伯仁就被人称作"宁天泉"了,"宁天泉"槽坊也被称作"宁天泉"。"宁天泉"槽坊和宁伯仁成了一体。

"宁天泉"之所以占了亳州槽坊的头份,就是它的工艺特讲究。曲为酒之骨,"宁天泉"的曲就最讲究,把选好的上等大麦、小麦、豌豆,用红石磨磨细了,十六个人身裹白布,把料兑足,踩匀,然后放在温室内发酵,以至曲中间呈菊黄色,只有这种黄菊花心曲才可使用。百年老窖出美酒,发酵池更有讲究。"宁天泉"的八十八条池子都有三百年以上的历史,池底由上而下泥色由青变灰,泥底呈蜂窝状,香味扑鼻,据说两丈三以下才见黄土。用水呢,更为重要,水为酒之血啊,酿酒河水第一好,"宁天泉"从不用井水,所用均为涡河南岸的上风河水。虽然后来亳州的槽坊有不少家也学"宁天泉"的做法,但并不得法,学其形,而失其精髓。他们无论怎样着急,就是赶不上"宁天泉"的酒好喝。

"宁天泉"酒品很多,但总的可分为两类,白酒和药酒。白酒只有"天泉香"一种,这酒挂盅,倒在酒盅里,酒液高出盅面一钱而不外溢;酒香异常,入路能香十里;酒花也奇多,酒花多少是白酒质量高低的体现,天泉香的酒花多的另一个原因是宁天泉会制酒花,而且只有宁天泉一人会制。"宁天泉"最多的是药酒。药酒都是从第一次蒸馏烧出的酒中取出头茬子酒,放进瓮里圈一年,去掉暴性,然后用这种酒作底酒,放入人参、当参、甘草、白芷、肉桂、红枣、鹿茸、虎鞭、狗宝、冰糖等十几味中药,再进行蒸馏,这样蒸出来的酒,喝起来清香可口,滋补五脏,越品越有味道。药酒根据搭色不同又生出不同酒种,搭青色叫竹叶青,搭红色叫状元红,搭玫瑰色叫玫瑰露,搭浅紫色叫老虎油。这些酒色调柔和,让人看了就想喝。

都说行行有蔽,酒这一行绝招更多。宁天泉之所以能独占亳州头份,就是宁天泉保守,许多绝活只有他一人会。他宁家也是这个规矩,只传儿子,而且只有到自己不能亲自干时才能传。这样,宁天泉在酒界就成了受尊敬的人物,因为谁也不知道他的绝招是啥。在亳州做名人不易,难就难在你不仅要有超人之处,更重要的是你的品格得经得起人们的考验。在亳州,受敬重的名人一朝变成被人唾骂的事不少,这往往都是此人的德行出了问题。

宁天泉就是这样一个人。1938年5月,他突然为亳州人所不齿。

这就要从日军侵犯亳州说起。亳州乃千年商都,以富庶闻名,加上是进入江淮的必经之地,日本人早有进犯之意。1938年5月,日军进犯亳州。亳州城河宽深,三天三夜都没攻下。中间停了一天,第五天,攻开了城门。原来,城内守军张拱臣已接日军的金条,让手下人趁夜黑,暗自开门。日军进城后,遵照与张拱臣的约定,只在城内大抢大掠,抢了上百家大户商号,烧了上千间民房。

单说宁天泉。在日军入城的第二天一早,宁天泉与家人和管家十多人,与城内的男女老幼一齐躲在天主堂后沙坑内。这里近千人伏在坑内,不敢仰视。坑前,三五成群的日军和汉奸,或头扎红绿彩带,或头裹白毛巾,或身着绸缎绣花滚边各色女人的棉袄,手端长枪,向坑内人逼款。他们先从坑内拉出四个衣着好的年轻人，没有逼出钱来，开枪打死。之后，一个汉奸就把宁天泉的母亲宁老太太拉了出来。他们觉得，宁老太太衣着绸缎，气色红润，定是大户人家的老人，她家人也一定在此坑内。先逼后打，宁太太就是一言不发，折腾了一个时辰，这群汉奸急了，一枪挑了宁老太太。这时宁天泉的儿子跳了出来，也被一枪打死，而此时，宁天泉就在坑内，没有任何动静。

汉奸走后，此事便在亳州传开。虽然有人认为宁天泉没出坑，是怕自己死了，造酒秘诀便会失传，但多数人仍以他为亳州奇耻，一点都不肯原谅他。市面平定了，宁天泉又开业了，但酿出的酒却没有人肯喝。

这样，宁天泉只得歇业，更不要说酿酒绝技的留传了。

猪头张

猪头张绝对是我的熟人,说是朋友也不为过。

一是,我从六七岁的时候就认识他;二是,这十几年来隔三五天我就见他一次,而且,拉几句呱。猪头张今年应该有六十六七岁,但他的全名我还真弄不清,好像不是张建国就是张卫国,反正后面有个国字。

猪头张在丰水源小区前的菜市场卖卤菜。他摊子上的卤菜最全,味道也独一份的鲜。摊子上方有一个红底黄边的三角幡子,上有三个黑字:猪头张。幡子下面一个一米见方的铝盆里,有卤猪耳朵、卤口条、卤肝、卤肺、卤大肠、卤猪蹄、卤脑肠、卤猪心等,猪身上的零碎,样样俱全。且肉色红润,酥烂香浓,鲜嫩可口。每天,他的卤菜都早早地被小区的老食客买完。他的不卖完,别的摊子根本就不可能开张。

十五年前，我搬到丰小源小区居住，开始买他的卤菜。卤菜下酒，那是我们亳州男人的挚爱。每次买卤菜时，都见他一身酒气，浑圆大脸像他盆里的卤猪肝，但他并无醉意，微笑着照应每一个来摊子前的人：问、捡、称、切、加汤、打包。他旁边坐着一个漂亮的女人，即便坐着也能看出她个头很高。这女人的年龄测不准，说是他女儿吧，年龄有点大，说是他媳妇吧，年龄小得太多，我觉得应该是他后娶的才对。一些熟客总肯给她开玩笑，叫她西施。

开始我没在意，买了十几次卤菜后，我突然觉得猪头张他们两口子有些面熟，但就是想不起来在哪里见过。有一天，下着小雨，我去时摊子前没有人。买了卤耳朵后，我试探着问："我觉得认识你。你在魏岗食品站干过吗？"

他先是一愣，然后问我："你哪一年的人？我在食品站时你应该不大啊！"

这时，我确认他肯定是食品站里那个人了。于是，我就说:"我是1967年的,六七岁的时候跟父亲一道去卖过猪!"

"呵呵,那咱是老相识了。"他又一指身边的女人,有些骄傲地说:"你也应该记得俺媳妇,她那时开票!"

啊,原来真是他们。当年卖猪的情形和细节,扑面涌来。

二十世纪六七十年代到八十年代中期,食品站是购买生猪、宰杀生猪、销售猪肉的地方。那时,国家对家畜、家禽等向农村"派购"。我家人口多,每年得向食品

站交售一头生猪。养猪为过年，养鸡卖蛋兑换油盐。那时，家里每年都要养一头猪和十几只鸡。父亲买仔猪是内行，他挑选仔猪，先看后抓，专挑毛色光亮、眼大有神、身长腿壮、嘴短灵活的。这样的仔猪嘴头壮，长得快。

那时，喂养也是个麻烦事。人都吃不太饱，哪来粮食喂它。每天只是用涮锅水拌点干红薯叶、红薯粉渣。从春天开始，母亲就会吵着我去地里给它挖野菜。猪特别喜欢吃的野菜和野棵棵有苦菜、鸡公窝、蒲公英、马芒单、鱼腥草、野苦妹……四十多年过去了，我现在还记得清清楚楚的。

养猪是件辛苦的事，一天天盼着它长大。卖猪却更让人提心吊胆。我家的猪都是入冬时卖，猪仔经过春夏秋三季，尤其是秋天收成多了，可以多喂它一点红薯，上膘就快。这时，猪一般都长到一百六七十斤。那时，生猪分三等：一百三十一斤为低标准，一百五十一斤是中标准，一百八十一斤才算高标准。等级标准不同，单价不一样，收入悬殊。

我七岁那年初冬，父亲十几天前就说要去卖猪。母亲就开始给它加食,把玉米糁子和炸熟的红薯拌在一起喂。临去卖的那天早上,母亲早早地起来弄猪食,又把家里仅存的一盆麦麸皮也加进去了。这头有点白花的黑猪,吃得摇头摆尾,肚子滚圆滚圆的。

父亲叫来村里的几个男劳力,用大杆秤称了,说是有一百六十五斤。母亲就很欢喜地笑着对父亲说:"把那十斤返销肉一定要割回来啊!孩子们半年都没沾荤星了!"

这猪并不听话,好像知道要把它送到食品站挨刀一样,屁股往后坐着,不想朝前走。父亲在前面牵着绳,我手持细荆条,在后面边吆喝边时不时抽一下。一路上,它走得很慢,还屙了两摊屎、尿了三泡尿。父亲气得不行,像被人偷了一样,一路上踢了它好几脚。我就劝父亲别踢,越踢它越尿咋办。就这样,走走停停,到了晌午,我们才到食品站。

那天,来食品站卖猪的人不多,院子里总共才三头猪。父亲蹲在拴猪的泡桐树旁,吸了两支烟,收猪员才被另一个卖猪的女人叫出来。对,这个收猪员就是现在的猪头张,只是那时他没现在胖,人也长得精神,那时他大约二十来岁的样子。他似乎不太高兴,手里拎着一个两尺多长黑乎乎的棍子,快步走过来。他先走到那个女人的猪前,照猪屁股上就是几棍,那头猪被打得拧着身子嚎叫,边叫边拉下几大坨屎。女人就跺着脚问:"你打它干啥?你打它干啥!"

猪头张也不理她,又快步走到我家的猪前,照屁股上也是几棍。这猪立即被刀子捅的一样嚎叫,边叫边不停地屙尿。我父亲也生气了,但声音不大地说:"它老老实实的,你打它弄啥呢?"猪头张这才开口:"这是杀威棒!验级时咬了人你负责啊!"父亲便不敢再言语。

我家这头猪好像怕猪头张一样,叫了一会就塌着眼皮,再也不吭了。这时,猪头张走过来,按了按猪的脖子,又在猪肚子上抔了几下,大声地说:"不到一百五!三级!"

父亲的脸突然涨得通红,大声地说:"来时称的一百六十多呢。俺要过磅。"

猪头张扭过头,脖子一硬,脸一横:"你的秤准,还是国家的磅准？赶到磅上去！"

这时，一个高高的女孩走过来，漫不经心地用手拨拉了两下磅铊，大声说："扣五斤猪潲，一百四十五！"

父亲气得说不出话来，整整少了二十斤，而且降了级。又有啥办法呢！父亲最终叹着气，赶着猪向东边的猪圈走去。

三十多年过去了，现在看着猪头张和他媳妇脸上的微笑，怎么也不能相信就是当时的那两个人。时间真能改变一个人，而且能把人的过去变得毫无踪迹。每每去买卤菜的时候，我都会想起卖猪的那一幕。

去年春天，我去买卤菜时，连续两次都没有见到猪头张。这十来年，他从来都是在摊子前的，不会出什么事了吧。我问他媳妇，她就叹着气说："唉，喝得太多了，脑梗了。"

我说："要紧吗？"她说："没大事，现在医院打吊水呢。"

女人边给我捡卤肠，边自言自语地说："原来食品站多风光啊，说不行就不行，就染上这酒瘾了！"

我便安慰她说:"没事。老张卤肉就酒喝一辈子了,能挺过去的。"

女人突然声音提高地说:"挺个屁!一辈子死要面子活受罪!这世道!"

我的眼前,突然又浮现出那年卖猪的场景。

杨四指

二十世纪七十年代末,亳州农村才基本告别吃面靠人推磨,两三个村里就有一台磨面机。那时,还没有通电,磨面机是靠柴油机拉的。这个打面的人,一是要有力气,能摇动柴油机,同时还要会操使磨面机。专业磨面的不要再下地干农活,轻松体面,是人尖子干的活儿。年轻小伙能开上磨面机,立马就有人来提亲。

我们村开磨面机的叫排场,是队长杨金山的儿子。"排场"就是漂亮和敞亮的意思,只有队长的儿子才配这个名字。话说回来,杨排场这孩子也确实长得漂亮,白净高个、能说会道,上初中时邻村的女孩就有几个盯着他。

他初中毕业那年,杨金山想让他去当兵的,他见队里买了磨面机，说什么也不去了。开磨面机多好啊，活儿又轻松，来打面的多是大闺女小媳妇，说说笑笑、插科打诨、有荤有素的多好啊。再说了，过几年不想打面了，就让爹把队长让给自己，当队长也是很威风的事，何必要去当兵吃苦呢。

排场进了磨面机房，拿男劳力中最高的工分。他成了几个村里大闺女的梦中人，他爹是队长，在当时农村就算高干，何况杨排场又干着这不沾泥土的活儿。杨排场肯定知道自己的优势，就对这些女孩不热不冷的，有了金镢头还愁柳木把吗？这时，他的兴趣突然转到喝酒上了。

排场喝酒，说起来应该是有童子功的。他爹是队长，那时三天两头有大队、公社的干部到村里来，来了就要杀鸡买肉的吃喝；有时上面来了工作队，也在他家有酒有肉的吃喝，钱当然是全村人出了。排场十来岁时，就常常被叫到桌子上陪着吃。大小伙子了当然可以喝点酒，一来二去，他的酒量和酒瘾就长起来了。

那时，干部下来喝酒，都是要猜拳的，只有猜拳才能喝出热烈喝出氛围喝出痛快来。在酒桌上时间长了，排场自然学会了猜拳，他反应特快，连外号叫"装二斤"的大队书记庄干才都难赢他。

排场进了磨面机房，上面来人在家里吃饭，当然少不了他作陪。再说了，他不上桌还不行呢，上面来的人都想跟他猜拳活跃个气氛。于是乎，"爷俩好，三匹马呀，四季来财啊，五魁手，六六顺，七仙女……"三天两头从他家传出来，气得村里的大人们跺脚怒目，小孩子们口水流半尺长，连鸡猫狗羊都嘎嘎喵喵旺旺地叫个不停。

秋天的一个中午，大队书记"装二斤"一行四人又来了。杀了四只鸡，买了一个猪头，从生产队菜园里弄些青菜，猪头没煮好就开喝了。那天，只有杨金山、杨排场和生产队会计杨玉化三个作陪，自然是一场硬仗。一直喝到傍晚，"装二斤"的酒兴还是很浓。排场喝的有些多，怕自己当场出了丑，就推脱说要去磨面机房，好多人在等着磨面呢。

排场来到磨面机房，外面站着六七个女的，都在东瞅西望地等他。他酒劲发作,浑身是劲儿,抢着柴油机摇把,只三圈,柴油机就突突突地响起来。不一会,第一家几十斤粮食就磨好了。第二家刚开始没几分钟,打面机出了故障,排场伸手过去要调动机关时,叫了一声,右手食指被轧掉了。

杨排场从此变成了杨四指。

那几年,世道变化特别快。第二年,村村都通电了,村村也都有了磨面机。又一年,生产队突然变成联产承包责任制,家家户户分了地。生产队长也没有以前威风了,来给四指提亲的人突然没有了。家家都有了地,日子一天天好起来,谁也不怎么在乎队长家的儿子,何况还是一个四指,不是全活人呢。

杨金山当了一辈子队长,没真正干过庄稼活,地里的庄稼就长得差。收成少了,家道就慢慢地比别人家差了。没想到这世道说变就变了,杨金山心里郁闷,没几年竟得病去世了。埋了爹,杨四指才突然想起自己已经过了三十。在乡下,三十岁的男人还没娶媳妇,那是说打光棍就打光棍了。

人愁酒瘾大，酒解万古愁，四指天天不能离酒。喝酒得花钱啊，他一个人种地，出去打工又受不了苦，钱从何来呢？俗话说，啥人得有啥命。不知从何时起，五十多岁的杨四指就成了四邻八村的"大总"。

在亳州城乡，大总那是一顶一的人物，谁家有红白喜事，都要请个问事的大总，由他来安排大小事体、酒席照应。一家办事三两天不等，开了宴席就少不了酒菜，天天有酒喝着，杨四指又活出了精气神。

估计你该问了，杨四指少了指头还猜拳吗？咋不猜呢，不仅猜，而且无敌手。自从他少了指头，看似他只能从一赢到九，比别人少一次机率，但猜拳几乎没有人是他的对手。

上个月村里死人了，我回去烧纸。晚上吃饭的时候，杨四指在我们桌上打了个通关，七八个人猜一百多拳，没有人赢他一拳。我递上一支烟，笑着问："四指叔，你猜拳咋通吃呢？"

他端起一杯酒，突然笑着说，"我啊，这辈子，比别人少了个指头，也没有女人孩子，可我酒喝多了！人啊，有少就有多,定数是一样的!"

灯光下,我看到他眼里噙着泪。可他一仰脸,又笑了起来。

木鱼秀才

胡家义是我的朋友,过不了十天半月,就要打个电话或者发条信息联系一下,一年至少也要喝上三五场酒。可能在别人眼里我们是不可能成为朋友的,甚至,会有人在背后议论我在高攀他。只从表象看,别人议论的理由也是充分的:他是一个身价数亿的药厂老板,而我只是一个偶尔写点文字的人。从资本和身份上说,我们不在一个圈层。

但是,我确实是他最信任的几个朋友之一。这还要从我们的相识说起。二十世纪八十年代初期,我们是从一个公社考取师范的。虽然,我们分别在两个县的师范学校读书,但因为都热爱写诗,成为每周都要通信的文友。那时候,他发誓要成为最伟大的诗人,我也雄心勃勃地要成为李白那样的诗仙。那个时代,文学是最纯真,是最能使年轻人肝胆相照的媒介。

四年师范毕业之后,我们又分别被分配到最偏僻的农村中学。好像从工作后,我们的联系就渐渐少起来,这原因还是因为文学。我依然一边教书一边写诗,他却在第三年辞职去贩卖白芍、菊花、亳花粉之类的中药材了。后来,他曾出版过一本叫作《本草笔记》的小书,这应该是他那段生活的副产品。

大约在他淘得了金,成为百万富翁之后,我们的交往又密切起来。他酒量很大,每天两顿酒,每顿都能喝八两,也没有见他醉过。那时,他已有了自己的医药公司,我也调到县文联,谋了个想写便写、想睡也没有人叫的闲差。他十天半月里总要约我喝一场酒,喝酒的时候从不谈生意上的事,而是听我谈文坛动态、文艺圈的八卦。用他的话说,他是以酒付的听课费。可以看出,他的文学情结仍在,是典型的"文艺青年后遗症",还是年轻时落下的"文学病根"。

我们的友谊就这样存续着,这个连接点就是文学和酒。其实,他热爱文学是有遗传基因的,他的曾祖父是清朝最后一科秀才,秀才的后人爱文喜字也算家道后传了。他很少谈及自己的曾祖父,我想,可能也是时间久远的缘故,先人的功名事迹留传不多了吧。

现在看,是我猜错了。去年冬天的一个晚上,我再次被邀请到他家的别墅里对饮,他才第一次在酒后说了曾祖父的往事。他说的这些事,是他家族几辈人的痛点。曾祖父在世时被人们称为"木鱼秀才",名声不太好听,这才是后人极少在人前提及的真正原因。

他曾祖父考取秀才后一年,科举就废了,无缘再参加乡试中举。这实在让人心中生闷,怎么刚考取秀才科考就完了呢?科举之路突然中断,让他喜欢上了喝酒。这时的酒,就是典型的消愁汤了。久喝成瘾后,不事农桑、不理家政,家道很快中落,以至混到只能靠剩下的几亩薄田糊口。越是这样,他的酒瘾越大,早中晚一天三喝。时间长了,酒越喝越差,下酒菜也讲究不起来了。

可他毕竟是秀才出身啊,脸面还是最重要的。喝酒没有菜咋行啊?

好像是日本人攻进亳州城那一年,他曾祖父家实在没有办法支撑每天三顿酒、每顿两荤两素四个菜的规制了。秀才毕竟是秀才,他最终还是想到了办法。某一日开始,他的下酒菜变成了一鱼一肉一花生米、外加一盘时令蔬菜。鱼,是他用枣木刻的木鱼;肉,是肥瘦相间、形色如真的肉石,只有花生米和蔬菜是真的。每天,他的曾祖母都会把木鱼、肉石和花生米、炒生蔬端上桌子,青菜汤往木鱼和肉石上一浇,热气腾腾的。别说远看,就是坐在桌子前,不细瞅都看不出假来。

自古假的真不了。这事儿,最终还是被村里人知道了,背后叽咕说,这是把木头当鱼、拿石头当肉的死要面子,便送了个外号"木鱼秀才"。

这事传出来一个月后,他的曾祖父就去世了。辞世时七十三岁,这个岁数与孔圣人同寿,也是高龄,也是在坎上走的,算有个说头。他临死时,留下话来:"把木鱼和肉石传下去! 后辈人有真鱼真肉吃,我在九泉才能安心。"

那天晚上,胡家义喝多了。送我出门时,拉住我的手说:"兄弟,你可知道我为啥弃文从商的?"

当晚,我也喝得不少,一时没有明白过来。他见我没答话,突然大笑起来。笑过之后,才说:"就是为了能喝上这有鱼有肉的酒。为祖宗洗耻啊!"

是啊,我顿时酒意消了大半。

磨瓷爷

磨瓷爷在李大槐村。李大槐村与我们村是邻村，就隔着一条沟。他家住村东头，我家在村西头，两家直线距离三百米左右。

我没见过李大槐村的那棵大槐树。据父亲说，那棵大槐树干比磨盘还粗，李自成带兵路过时，在这树上鐾过刀，树冠照满四户人家的院子。磨瓷爷不是破磨的石匠，而是木匠。1958年全国"大跃进"那年秋天，村里子这棵大槐树被磨瓷爷领着人锯倒了，做的农具卖了三年都没卖完。

磨瓷爷在亳州城以西是响当当的人物，桌、椅、板凳、箱子、柜、条几，各种家具他都会做。更重要的是，他会合梁檩，方圆十几个村子盖新屋，是必须要请他的。

记得我家盖瓦屋那天晚上,月亮很明,高高地挂在天幕的西南角,院子里就白亮亮的。那时没有电灯,盖屋的十几个泥瓦匠就着月光,在院子里喝酒。

大人们喝酒吃菜,我和弟弟就仰着头看,根本没有偎桌子的份儿。吃饭没有多久,磨瓷爷就喝多了,划拳像唱戏一样,拖着好听的长腔:哥俩好啊,五魁手啊,六六顺啊……

又过一阵子,磨瓷爷竟在众人的嬉笑声中,离开酒桌,在院子里又唱又跳,像个刚学会走路的孩子,摇摇晃晃的,真是可爱。

从那天以后,我每次见到他,他似乎都是醉醺醺的。村里年龄大点的孩子,常常跟着他喊:酒晕子!酒晕子!他不气也不恼,有时,还放下扎着的木匠篮子,开始又唱又跳起来。他唱的是戏台上的古戏:有为王,坐金殿……

一晃三十多年过去了。有一次,我从城里回老家,车子到村东地流沙塘时,远远地看见一个人,坐在路旁边,挥舞着右胳膊,一伸一缩地不停。我心想,这不会是磨瓷爷吧？车到跟前，果真是他！他一个人正舞动着胳膊猜拳呢。面前，是已喝了半瓶的古井酒。那一年，他应该有八十多岁了。

前年腊月十六，我与弟弟一道回老家上坟。父亲对我说："你磨瓷爷老了！"

在我们那儿，上了年纪的人死了，不说死，而是说老了。我说："喝酒喝的吧，他该有九十多岁了？"

父亲叹口气，"唉，喝了一辈子酒，临走时没摸着一口酒喝，真是可惜了！"

磨瓷爷没有大病，只是糊涂了，没日没夜、不分时候地猜拳要酒。儿孙们不想让他再喝酒，想让他多活几天，就硬是不给他酒喝。走的那天夜里，离他九十六岁生日还差三天。

他靠木匠手艺行走乡间一辈子，喝了一辈子酒，加上他又是个欢乐脾气，人缘很好。下葬那天，方圆十几个村里三四百人都来了。那天，他家竟收到各式各样的酒五百多瓶。

父亲后来说："磨瓷爷下葬时，人们打开酒瓶，倒在花圈上,点着了。坟头上的蓝火苗烧了足有一两个时辰,方圆十几里都闻到了酒香。"

那天,磨瓷爷在地下,也一定会醉的。

狗嘴夺牙

　　我调入酒厂没几天，就听到了一些奇人逸事。听到的第一个奇人，就是狗嘴夺牙的蒯如意。

　　牙能被狗吃了？！这真是天下奇闻。说的是，蒯如意好喝酒，他虽然在热电站搞维修，但毕竟是酒厂的热电站，到酿酒车间喝酒那是随时的事。车间出的头酒最高七十五度，香是醇香，但劲儿大，这种酒又叫一线喉。一口喝下去，像火线一般顺着喉咙热到胃里，立时如火焰般扑满整胃，嘴一张一呼之间，又有一条小火龙从胃里游出，穿肠过肚，直抵丹田。这般滋味，那真叫一个爽。

　　这样的酒，蒯如意一次能喝半斤，你说酒量大不大！俗话说，淹死的都是不怕水的，喝醉的都是好酒的。蒯如意就因为酒量大才时常喝醉。有一年冬天，他从车间喝了一舀子热酒，走在回热电站的路上，凉风一吹，酒劲上蹿，他就扑倒在了路上。当人们把他抬到厂医务室，医务室老王撬开蒯如意的嘴时，才发现上面的四颗门牙已不见了踪影，嘴如一个血洞。

二十世纪九十年代初，还没有烤瓷仿真牙，蒯如意就镶了四颗带白铁套子的假牙。接着，便发生了狗吃牙的事儿。说的是这天晚上，他下班后，与工友在镇上的夜市喝酒。酒厂在古井镇上，镇上的夜市都是露天的，那时还没有烤串之类的吃食，每一个摊点只有一些荤素的卤菜，兔肉是必不可少的。我们那里人爱吃兔肉，兔子分野兔和家养兔。兔肉的做法和吃法很有讲究：浆兔肉、卤兔肉、烀兔肉、白水焦盐兔肉、红烧兔肉。每一种兔肉都是分开卖的，四条腿、兔子头、兔脊骨、兔肋骨各有各的价，也各有各的食客。

蒯如意最爱啃兔子头。兔子头是没啥肉的，但要的是那个骨肉相连的味儿，想吃肉又啃不到肉的那个劲儿。这天晚上，蒯如意喝了半斤酒，酒兴正浓之时又让老板递过来一个兔子头,刚啃上几口,就有人举杯碰酒,他把兔子头从嘴里抠出来,左手端起酒杯就喝。这时,右手一滑,兔子头掉在了地上,在桌子下面等候已久的那条黄狗,张嘴衔住。蒯如意一口酒咽下,一合嘴,突然感觉不好,大声呜噜一句:"我的牙呢!"

黄狗听他的喊声,叼住兔子头,拧身想跑。蒯如意弯腰向下,右手一把掐住黄狗的脖子,左手从狗嘴中夺回兔子头。还好,那四颗牙还稳稳地卡在兔子嘴后面那块肉,并没被狗吞下。蒯如意小心地把牙拿掉,两边捏了捏假牙的挂钩,费了好大劲儿才又把这四颗牙挂在嘴里。于是,蒯如意就有了"狗嘴夺牙"的外号。

刚听到这个传说时,我以为蒯如意应该有四十多岁了。其实,他当时才二十五岁,比我还小两岁呢。我调进厂里后在宣传科工作,半年后,我到热电站采访时认识了蒯如意。他的个子挺高,虽然有点弓腰,但也绝不会低于一米八。一张嘴果然露出四个闪着白钢光的门牙,说起话来却有点费劲,先几声"豆豆豆"后才能引出话来,说结巴不算结巴,说卡壳不算卡壳,反正就是那种说不利落。

蒯如意是个实诚人，也好朋好友，只要有酒场叫他，每叫必到。他自己常常费劲儿地说："咱一个基层工人，能叫咱喝酒是看得起咱。那必须一叫就到，一到就喝，一喝就喝好！"正是他这种从不装的脾气，我俩成了好朋友。虽然后来随着我工作的变化和职位的升迁，应酬越来越多了，但我们依然月把半月地要喝一场酒。即使后来我当了副厂长，他仍然把我当作哥，时不时打电话邀

我喝酒。有时在宾馆接待的时候,我也给他打电话,让他去陪陪客。陪了几次,他说:"这样的场合以后别叫我了,我一个小工人,坐在那里酒也喝不好,话也不会说,就陪着傻笑,不是活受罪吗!"

哈哈。从此,我再没让他去陪过客,但我们每年还是要喝三五场的。

关于蒯如意喝酒的故事真挺多,名声也大。单一个"无麻缝嘴",就让他的英雄豪气在全厂无人不知无人不晓。

十几年前的一个夏夜,蒯如意又与工友喝酒。据说,当时他离场时并没有醉态,自己骑上自行车走了。自行车刚走十来米就走不成直线了,左拐右拐,晃来拧去的如蚰蜒找路一样。同桌的酒友就在饭店门前大喊:"如意,快下来! 下来!"

正喊着,只听扑通一声,蒯如意摔了下来,倒在地上的自行车后轮还在不停地转着。人们东摇西晃地跑过去,只见蒯如意捂着嘴不停地吸溜。"看看牙摔掉了吗?看看牙摔掉了吗!"在众人的喊声中,蒯如意松开了沾满血的手,四颗牙结结实实地在嘴里闪着白光,上嘴唇却裂开了个大豁子。牙没摔掉，上嘴唇摔烂了。

人们把他就近送到工人医院急诊科。这天值班的外科医生是陈星光，他也是刚喝过酒回来，一身酒气。陈星光一看蒯如意豁着的上唇就笑了："喝酒也没点把握！我给你缝。"这陈星光当医生不务正业，喜欢写诗，也好酒，而且酒后闹出过不少笑话。在一次因酒后手术被医院停职后，他竟考取了南方某地级市的报社，当上了副总编，这是后话。

现在还说那天急诊的事。陈星光边用酒精棉清洗，边说："手术是全麻、局麻，还是不麻？"蒯如意吸溜着嘴说："你看，你看着办！"陈星光又说："全麻做不了，局麻也做不了，麻醉师不在！再说了，麻针挺贵的，麻了也不容易长口！"

"那，那就你，你看着办吧。"蒯如意疼得说话更费劲了。陈星光找到缝针，穿上肉线，就对旁边送蒯如意的人说："过来四个人，给我按着胳膊腿！"四个人过去，分别按住蒯如意的两只胳膊和两条腿。陈星光又说："按死了啊！他要动弹，缝不好可不能怪我！"蒯如意就这样被

72

按着，陈星光那天显然喝了不少酒，手不太利落，竟缝了半个多小时，才算缝好。蒯如意在手术台上扭动着腰身，脸上豆大的汗珠子滚来滚去，全身出汗如水洗的一样。

后来，我问蒯如意："兄弟，你当时为什么没让麻，是怎么忍受了的？"

蒯如意龇着牙笑着说："那天真受罪了！钢针在肉里扎来勾去的，一动一身汗。我当时，一是想省点儿钱，二是想让自己长点儿记性。谁知道怎么会那么疼啊，钻心地疼！"

蒯如意想省点儿钱肯定是真心的。他媳妇不上班，有个女儿，一家人就靠他一个人的工资，肯定很紧巴。他又好喝酒，且是个讲究人，去喝酒从不空手。要么带两包烟，要么买个卤菜，要么买包花生米。他常说："咱虽然穷点，穷有穷的骨气，没人叫，咱从不去喝蹭酒，那样的酒不喝也就醉了。"

这次"无麻缝嘴"的疼，让蒯如意长记性了吗？没有。他还是照喝，且常喝常多。

有一年秋天，我正在外地出差。蒯如意突然打我的手机,接通后,他吭吭哧哧了好大一会儿就是开不了口。我说:"你怎么了?再不说我可就挂了啊!"这时,他才说,厂里要开除他,说他调戏女职工!怎么会闹出这事来?我觉得他即使喝多了,也不至于调戏女人。一是他就没这前科,二来他其实是一个特别胆小的人。

原来,他中午喝多了,坐厂里回城的班车。那天,车上的人多,他旁边坐了个包装车间的女工人。车开动后,他就睡着了。睡着后,他的手就抬起来压在了那女工人的腿上,嘴里还不停地咕哝着什么。女工人是新来的女孩,就喊了起来,非说蒯如意调戏她了。蒯如意被叫醒后,还不知道咋回事呢。听到女工人说他调戏她,就乘着酒劲吵了起来。这一吵不当紧,女工人不愿意了,把蒯如意告到了厂部,非要求开除他不行。

我回来后,找到负责的保卫科和劳资科的人,让他们多做解释工作。蒯如意又是赔礼又是道歉,当着这个女工人的面,扇了自己两个嘴巴子。这样闹腾了一个星期才算了事。

从此,蒯如意生出个毛病:见女人就躲。

吴卡壳

在老家不是谁都配有外号的,只有在某一方面出了类拔了萃的人,才能配得上一个外号。吴卡壳是吴万顺的外号。

吴万顺能顶住这个外号,是他平时说话脸憋得鸡媭蛋一样通红,一个字一个字地向外挤,比一般的结巴嘴都难三分;更奇的是,只要半斤古井酒下肚,舌头就撸直了,换个人一样,说话就顺顺溜溜的,有板有眼。

这就奇了怪了。怎么一喝酒,就变了个人呢?这个疑问是从吴万顺十八岁时开始的。也就是从这一年,吴卡壳慢慢成了他的外号。

吴万顺生在古井镇西头,那时的古井镇还叫减店集,改成古井镇是古井贡酒名扬天下以后的事。这里从明代就是中原地区酿酒的中心,槽坊五十多家。说这些并不是闲话,这是吴万顺变为"吴卡壳"的铺垫或者说背景。

吴万顺是吴家的三辈单传独苗,一出生就被吴家捧在手上含在嘴里,那个疼爱你是可以想象的。让吴家高兴的是,人家婴儿满月也不会给大人打吭吭,可小万顺出生三天就会给娘对吭。半生子就会嚷哝话,十个月就满地跑了。减店集的人都觉得这孩子是个奇才,长大定能做出一番大事来,亳州城都不一定能盛下他。

谁也没想到,小万顺过了七岁生日那天,突然不说话了。任家里人哄逗吵骂,就是一句话也不说。他奶奶说肯定得了魔怔,请人又是叫魂又是烧香磕头,他就是不开口了。弄到亳州人民医院,医生诊断两天、引导两天也是一个字不说。这是咋了呀,他爹又带他去了省城医院、去了北京,折腾一年多,也没一点效果。唉,这孩子竟这样成了哑巴,就不会说话了。

除了不再说话,其他一切正常。八岁那年,家里把他送进了集东头的小学。进学校的万顺,除了不说话,其他都行,字写得方方正正的,算术没有错过。在班里成绩一直在前三名,这多少让吴家人心里好受点。十个哑巴九个精,有个哑巴总比没有强。

十六岁那年,吴万顺初中毕业了。有天晚上,父亲跟他说想让他上高中,他的脸憋得通红,突然开口说出两个字:"不——上!"

啊!还能说话啊!父亲突然抱着万顺,大声哭起来:"俺的儿啊,你会说话这些年咋不说呢!"

从这天后,吴万顺又不开口了。嘴在他自己身上长着,别人也没有办法,不说就不说吧。又过了三年,古井酒厂扩建占用了吴家的二亩宅基地,吴万顺就进酒厂成为酿酒工。这中间是有曲折的,酒厂开始不要,一个哑巴不好管理啊,吴万顺的父亲找到厂长:"哑巴咋了?哑巴不会顶嘴,更好管教!"

烧酒是个力气活,吴万顺却喜欢这里。确切地说,到了酒锅上他才知道自己喜欢喝酒。当时厂里有规定,锅上酿酒工可以在车间随便喝,但不能带下酒菜,别说花生米了就连馍也不能就。刚出锅七十多度的热酒,不就任何菜,能喝二两就算大酒量了,可吴万顺每次都是半酒舀子,足有八两。

当时,吴万顺的车间主任姓皇,外号"皇上"。没有一个工人不怕他的。这天,皇上见万顺端着酒舀子,三口就喝完了,一把夺下酒舀子,大声骂道:"你这小子,酒鬼托生的啊,酒厂都能让你喝倒!"

"厂长规定不就菜随便喝,我又没就一口凉水,我咋不能喝!"吴万顺突然开口给皇上争辩起来。

"啊,你小子不是哑巴吗!"皇上和酒锅前的工人都吃惊地叫起来。

这次之后,吴万顺又开口说话了。说是开口了,平时也极少说话,每次脸都憋得通红,比鸡姆蛋都难,一个字、一个字地向外挤。当酒淌出来,他一舀子酒下肚,谁再给他说话,他就能顺溜地说上三两句。原来,他只是不喝酒时说话卡壳。从此,吴卡壳就成了吴万顺的名号。

转眼间,吴卡壳到了退休的年龄。他找厂长想继续在厂里干,不拿一分钱也行。很显然他是希望每天能继续喝上一舀子热酒。厂子大了,规定更严,他最终还是按时退休了。

回家后,他每天得喝一瓶酒。成品酒五十多度,度数低啊,一斤酒也到不了开口说话的程度。一辈子了,老伴和儿子也没有办法,任他去吧。

吴卡壳是七十三岁那年冬天老的。走之前没有任何征兆,晚饭前还看孙子呢。吃晚饭时,他突然对老伴说:"给我找两瓶酒,我该走了!"

老伴一时没弄明白他的意思。愣了半天,才骂道,"冤家,卡壳一辈子了,不喝酒也能顺溜着说话啊!"吴万顺只是笑笑。

那天,老伴怎么也拦不住,他最终还是把两瓶古井贡酒喝完了。老伴扶他躺在椅子上,叹着气问,"你为啥装哑一辈子,不喝猫尿就不开口呢!"

吴卡壳望着一眼老伴,动了动头,一个字、一个字地说:"这世上有啥可说的呢?从七岁那年,我就觉得没啥可说的了!"

说罢,眼一眯,打着呼噜睡着了。

第二天,他再也没有醒来。

司无量

1987年9月,我分配到马家窝中学当老师,认识了司无量。

那时,他是学校总务主任,全名叫司梦成。当年,他应该有五十一二岁,正是壮年,人高高胖胖的,一脸憨厚相,第一面就给我留下了好印象。

我俩的办公室门挨着门,他是学校领导,有两间房。其实,是仓库与办公室混在一起的,一间屋里堆放的都是书籍、作业本、粉笔之类的杂物,显得比我的一间房还拥挤凌乱。

他极爱喝酒,而且酒量很大,不然咋能扛起"司无量"这个外号呢。我与他相处两年,没见他喝醉过。学校里的人都说他喝酒有诀窍,一是他喜欢喝菜汤。夏天,用勺子在盘子边上舀菜汤喝;冬天,荤菜端上来一会,炒菜的猪油凝成白脂状,他一定是一勺子、一勺子地吃完。油可以化酒,这是他告诉我的一个秘密。另外,他还有个特点,一杯酒下肚,脑门上就开始往外冒汗,冬夏都冒个不停。那时,他已秃顶了,半斤酒喝下去后,额头四周的汗珠子便一层一层地往外冒,擦了还冒。年龄大点的老师说,他在内蒙古大草原上,学会了排酒大法。所以,就没有人敢给他拼酒量。

司无量给我讲过他在内蒙古的那段经历。

1958年全国"大跃进",当时亳州地区高粱地里套栽红芋,说是可以两不误。有一天,司无量喝多了,在酒桌上说这是瞎胡闹,高粱棵里长红芋,人老八辈子没听说过。这下不好了,同办公室的老师将他揭发出来,就这一句话被打成右派,开除了公职,遣送回老家马家窝劳动改造。

有次喝酒时,他小声给我说:"杨老师啊,听说你还写写划划的,那可要小心了。这世界上最可怕的是别人背后告黑状。你千万不可乱写啊,白纸黑字的,抠都抠不掉!"看来,他确实被害得不轻,吓到心里去了。

被打成右派后,司无量流落到内蒙古大草原。刚到时给牧民割草、放羊,能混饱肚子。半年后,就成为草原上的一名教师。他说,那里也没有学校,就是方圆几十个蒙古包里的孩子聚在一起,他负责教汉语。

从他说话中,我猜想他在内蒙古那三年过得应该是不错的,有肉吃、有酒喝,还有粮票寄回来,以至家里三个孩子在三年自然灾害中都活了下来。他自己也说,唯一难受的就是喝马奶。草原上的牛奶和羊奶也都运到内地了,能喝到的只有马奶了,马奶的味道酸不溜溜的不是个味儿。我至今也没喝过马奶,体会不到司无量那时的感受。

我与司无量处得关系很好,并不是因为他是总务主任。乡村中学不分什么职务高低的,关键是我俩都爱喝酒。那时,我的工资少,一个月才五十多块钱,但也过得有滋有味。当时,一瓶古井玉液只卖三块零五分钱,一包洁丽达烟五毛五,食堂里吃饭一天也就块把钱。他是老教师,当时工资可能也就八十多元,显得比我有钱多了。我们晚上在办公室喝酒,十次得有七八次是他从怀里掏出一瓶酒,然后说:"咱俩喝了!"

我们在一起喝酒,给我留下两件印象最深的事。

有一天晚上,有七八点了,他叫我到他办公室里,说:"我这有一瓶古井贡酒,你去街上看可有下酒菜弄点,咱俩喝了!"

马家窝中学所在地虽是在集上,其实就一条街,晚上是没有人的。我到街上转了半天,就只有一个卖花生

的了。我拿着一包花生回到他办公室时，他已经把酒打开了，倒在两个茶缸里。那酒真是喷香，喝到嘴里像油一样浓浓的。我俩剥着花生，喝着酒，说着闲话。一瓶酒快喝完时，他告诉我说："这酒现在四十多块钱一瓶，还是托人买的！"

"啊，这么贵啊？快顶我一个月的工资了！"我吓了一跳，觉得喝了太浪费了。

这时，司无量笑着说："我跟你说，钱啊花了才是你的，再多的钱不花都不是自己的！"看我没听明白，他又接着说："就像这酒，不喝到肚里，你咋能知道它的真味呢！"这次喝酒他说的话，我悟了十几年才基本明白其中的意思。

我记忆最深的还有一次，是酒后我们四个人打麻将。我们三个年轻的教师都想赢他的钱，铆着劲儿。可一夜下来，都困得睁不开眼了，他最终还是没有输几块钱。结束的时候，他站起身来说："其实，我能把你们几个的钱都赢回来，我不能赢。你们想赢我，也是不可能的。"

其中一个人就不服气地说:"司主任,今天是你运气好。"他笑了笑说:"不想赢的人运气才好。人生啊,不在输赢。就像喝酒,不是非要喝醉了才高兴,喝酒的过程是高兴的!"

第三年春天,我就调走了,从此离开了司无量。只是,有时从别人嘴里听说一些关于他的事儿,但这几乎都是与酒有关的。他与谁谁又喝酒了,在哪里一次又喝倒几个人之类的趣事。

我们分开的第八年夏天,满地的麦子金黄,眼看就要收割了。一天下午,我接到一个前同事的电话,说司主任死了,死在他新盖的堂屋里。我立即就从城里出发,去他老家吊孝。进了他家,果真是新盖的堂屋,粉墙的白石灰味还有些刺鼻子。

我躬了躬,走进灵堂,司无量红光满面的,眯着眼,像喝多了睡着一样。刚退休两年,平时身体好好的,咋说走就走了呢。我有些不解。

这时,他儿子告诉我说:"昨天,三个退休老朋友来看他,四个人喝了四瓶酒!他一辈子没喝醉过,昨天竟喝醉了!"

　　我想了想,就劝道:"司主任一辈子好酒,醉着走也是他的福分!"

酒阎王

在故乡,谁家小孩哭闹不止,大人只要说一句"阎王来了",再难哄的也都不敢再吭一声。

谁不怕阎王爷呢!他不仅有黑白无常、牛头马面这四个左膀右臂,更重要的是他掌管着人间地狱的生杀大权。

在俗世间,谁要被称为阎王,那一定是让众人听到都胆寒的角儿。

五岁那年冬天,我跟随父亲去魏王岗赶集,路过一个叫刘庄塥的小村,父亲突然对我说:"这刘庄塥有个酒阎王!"他随口一说不打紧,吓得我扯着他的旧棉袄后襟,一路都不敢松。

十六岁那年夏天,我因考取了师范,被允许第一次喝白酒。这时,我想起了父亲以前给我说过的酒阁王,便问起父亲。开始,父亲根本想不起这事了,连喝两杯酒,才笑着说:"他还真是个酒阁王呢!"

这时候,我急切地想知道这个酒阁王的真相。

父亲又喝了一杯酒,就笑着说:"也没啥,就是他喝酒就盐。"

接着,父亲说了他喝酒的一些怪事:他喝酒从不吃菜,就一个大盐疙瘩。喝一口酒,舔一下盐疙瘩,再喝一口酒,再舔一下。一个蚕豆大的盐疙瘩,够他就酒喝一个月的!

从父亲的叙述中,我推测酒阁王应该姓刘,是个劁猪匠。小时候,村里经常有背着两尺高窄凳子的劁猪匠过来,凳子后面卡着两把长短不一的木把铲刀,长铲刀足有三尺,短铲刀也有二尺半,左肩上着搭着个黑不黑、灰不灰的褡裢,褡裢上有一撮半尺长的白梢子马尾毛。

劁猪匠一进村,全村的狗都开始狂吠。可只要劁猪匠一开腔,村里的狗都蹓着墙根儿回家了,没有哪个敢再叫一声。现在想想,可能是这劁猪匠的吆喝声把狗给震住了："唉——劁公狗——骟母狗——切驴蹄子，锤牤牛——阴阳公鸡能招呼——"

乡亲们认为，劁猪匠一般是胆大心狠之人，吃的刀子饭，连鸡狗都怕他十分，何况女人呢。十个劁猪匠有八个是寡汉，干上这营生，就意味着一辈子一人吃饱全家不饿。

酒阎王也是一个寡汉，一生除了劁猪骟狗，就是喝酒。按理说，他一个人挣钱一个人花，不至于买不起一点儿下酒菜吧？

父亲说，这个人一辈子尿泡尿都得用细箩筛筛，抠得很。偶尔喝酒也吃菜，但都是那老三样，蒜瓣子、生姜、老蔫葱。

他为什么对自己也这样抠呢？那天，我十分不解。

父亲已经有了酒意，又连喝两杯，然后说："人呀，各有各的活法，都一样了，人世间还有个啥意思！"

那天，是我第一次喝酒，喝着喝着，就醉了。

闯席侯

　　无论哪个大都会，都得有一个能养活住江湖上所谓下九流的地方。没有金、汉、利、湍、十八汉、七十二寡门的城市是称不上大都会的，养活不了这些人的城池，也一定是市井萧条，动乱不安的。

　　从新桥口到姜桥下关，这一段就是亳州穷苦人的乐园，也是西河滩最热闹的地段。这里是平头百姓、小商小贩、卖力气挣饭吃、江湖卖艺这一类人的乐园，穿长衫的小职员、穿马褂的店伙计也时有出没。

　　亳州人自古都爱戏，随便拉个人都能吼上两嗓子。地方戏曲是这里的主心骨，二夹弦、四平调、豫剧、拉魂腔、大鼓、花鼓、道情、坠子、琴书、评词、相声，或戏园、或书棚或露天场子，南腔北调、黄钟丝竹、老声嫩音，几乎是昼夜不绝。说这里热闹就是这地段不单单以说书唱戏为主,算卦的、看相的、卖假药的、大力丸、狗皮膏药、金铃子、打拳的、上刀山的、吞剑的、吐球的、跑马的、玩魔术的、拉洋片的、耍木偶的、黑红宝、掷骰子、抽签、摆扑克、抛竹圈、摇升官图的,无奇不有,无人不奇。这地界表演的人多,来看的更多。虽然都不是富人,但足以养活这些艺人。要不,咋能说从新桥口到姜桥下关,各人有各人的活口,谁都有一口饭吃呢。

留意的人,都知道这样一个人:身高七尺,粉面无须,一年四季手摇着一把题字折扇,穿着一身挺刮刮的青灰长衫,方步稳而均匀,成年累月地走动在这里。这人是谁呀,咋恁眼熟?即使不常来的也都会有这种疑问。而这里的老人们和各摊各棚各场上的艺人都知道,他就是亳州市面上的名角儿——闯席侯,姜七爷。

姜七爷几乎每天都要在一家家场子前走动一遍,他到每个场子前,也不待长,或坐或站但从没蹲过,看过几眼听上几句,到了有彩口时,猛地一合折扇,"好"的叫上一声,转身即走,他还有那么多场子没去呢。艺人们都以他的到来和叫好为荣，哪一天他没有在场子前叫声好，就会觉得浑身没劲。这样一来，艺人就对姜七爷另眼相看，有时会敬烟，但姜七爷从来不接，你道声谢，他也只是笑笑，有人想私下里请他吃饭，他更是不去。他姜七爷是受过皇封的人，慈禧老佛爷都封他闯席侯了，他能稀罕你那一顿饭！

姜七爷在哪里用餐？他一般都在亳州城有名的酒楼馆子里吃，反正他也就是一个单人。有时也到高门大院的商贾官人家去吃，但只有在这些人家有红喜白事时他才肯去的。他在淳化街有一独门小院，青砖青瓦，朗朗利利的三间正屋两间偏房，天亮出门，半夜才归，小院常年寂寂静静的。他只要路过酒楼饭店门口，总会有人招呼他的。有时也有别人看不见他的时候，可他总会折扇一摇走上前去，接着就会有人热情地招呼他入席。

他是亳州名角呀，哪家有个红白喜事总少不了他，只要一露面，主事的人都会热情地让他入座，喝茶抽烟。当然，他也不会在哪个酒楼饭店商贾大户家多坐多长时间，喝上三杯酒，最多也不超过六杯，夹上几筷子菜，就会起身拱手告辞，说不定还有多少酒场饭局等着他呢。在亳州，能受到全城人这般礼遇的也只有他姜七爷一人了。

人要想混到这个份上，没有点讲究、根底是万万不可能的。

姜七爷是曾在京城待过二十年的。十六岁那年，他去京城投奔同族姜桂题——姜大帅，那时的姜大帅正负责京师的防护，姜七爷自然就到京城效力朝廷了。有人说，一次慈禧兴致来了骑马出宫，骑的马突然惊了，狂奔不止，姜七爷此时正在外围担任守卫，马快到他面前时，他一跃而起，抱住了惊马的脖子。

慈禧念他救驾之功，就要封他做官，可姜七爷却跪地回了："老佛爷，俺亳州有姜大帅一人做官就行了，你要封就封姜大帅！"姜大帅的手下救驾有功，当然也要封姜大帅了，但慈禧还觉得过意不去，就说："有何要求，你就说吧！"老佛爷都把话说到这地步了，姜七爷也不能失了老佛爷的面子呀，就再次叩头说："小民不是当官的料，从小喜欢喝酒，就是想天天赴酒席。"慈禧听后哈哈大笑，"就封你为闯席侯吧！可吃天下酒席！"

于是，姜七爷就成了闯席侯了。这个说法，好像是从姜七爷嘴里最先传出来的，有些人就怀疑。但也有人是信的，姜七爷的确是在姜大帅手下做过事的，整日在京城，这事也不是不可能发生的。

京城的酒宴饭局不是更多吗，姜七爷何以要回亳州呢？开始，想不通的人就问过姜七爷。姜七爷一脸的不屑，"叶落归根吗，咱亳州也是三朝国都呢！再说了，京城那些大户人家骨头特贱，都兴吃洋毛子的饭了，我姜七爷死都不会去吃洋毛子的饭！"这样说来，谁还能不信。没几年，亳州人就认姜七爷这个皇封的闯席侯了。这样的人不成为名角，谁还能成为名角，人们敬重姜七爷就成为一种必然。

时光如白驹过隙，一晃，姜七爷就快六十六岁了，回亳州也有二十一年了。

一入春，虽然离姜七爷的六十六大寿之日还有三个多月，就有人开始张罗着要为他过大寿了。姜七爷一生未娶，儿花女花没一个，大家不给他过寿日，总不能他自己张罗吧。可就在这年夏天，日本人从北边的归德府进了亳州城。开了一仗后，国军败了，日本人就站住脚跟了，偌大一个亳州也只有二十四个日本兵就守住了。当然，还有几百伪军在帮着日本人。二十四个日本人每天都要扛着长枪，摔着两脚，在东门大街、西门大街、北门大街、南门大街走上一圈，也够他们累的。

这些日本人累了干什么？他们累了也喜欢去姜桥下关一带看那些场子里的玩艺的。去的多了，小队长山本一郎就认得姜七爷了，从翻译官赵大耳朵嘴里知道姜七爷是慈禧封的闯席侯，自然也知道姜七爷在亳州的名望与威风了。

日本人很是狡猾，山本一郎认为只要能征服姜七爷，亳州人也许就会从心眼里怵日本人了。姜七爷是亳州人最尊崇的人呀，山本一郎就是这样认定的。这一天，山本一郎带着他的日本兵，正在看魔术大师天鬼刘的大变活人。一会儿，手摇折扇、身着青灰长衫的姜七爷从那边来了。

他立即走到姜七爷的面前，笑嘻嘻地说："你的，闯席侯的有！"姜七爷折扇一合，冷眼答道："正是！"山本一郎手扶战刀柄，围着姜七爷转了两圈，然后，从一个日本兵手里接过一瓶日本清酒，晃动着说："你的，把大皇军的酒，咪西，咪西的！"

姜七爷刷地甩开折扇，"七爷我不喝！"

山本一郎呼地拔出明晃晃的战刀，向空中一挥，"咪西咪西的有!"接着,四个日本兵扑上来,把姜七爷拧在了那里,山本一郎就将酒向姜七爷的嘴里灌。姜七爷猛地张嘴,咬住了山本的手面。山本向外倏地一抽,手面上夺拉一块带血的肉皮。

这时,只听山本哇的一声大叫,捂住右手,就地连转了三圈。姜七爷呼地甩开折扇,转身哈哈大笑而去。

姜七爷迈到第九步时,山本一郎双手紧握战刀,从后面扑来。山本啊的一声怪叫,一股血气涌出,姜七爷被从头顶正中劈开。

被劈开到腰部的姜七爷,两脚并拢,站立不倒,上半身向两边分开,成为一个血红的V字。

李老百

李老百是大总。在乡下人眼里,大总是最大的人物。

在乡下,谁家没有生老病死红白喜事。有事了,自家人只顾忙哭、忙悲、忙喜、忙贺,就得有人出来帮着问事,这问事的就是大总。

尤其是有了生老病死的红白喜事,就是家境再不行,总也要摆几桌酒席的。客人来了,就得有问事的,这问事也得大总。更不必说,家里死了老人或中途妇女寻死了,这码子事多会有些闹腾,这更离不了大总。

大总不是谁想当就能当,谁都能当得了的。当大总也不是自己封的,而是几个村里的人抬起来的。

当大总首先要口才好,要能随时随地喜笑怒骂哭,要能随时对付刁钻精憨傻;当大总还要有宰相的肚子、说书的嘴、野兔子的腿；当大总的人多是读过几年私塾念过几年书，通晓五行八作各路繁文缛节；当大总还要有一副好嗓子，粗犷圆润悠扬婉转声透山水，一嗓子喊出来纵有千人万口都能入到每个人的耳朵；当大总的人更要是在地方上做过什么显赫的事体，而且，所做之事要能让乡人至少传颂几十年。

总之，大总在乡下走到哪里，都会有人递烟上茶笑迎揖送。在乡下，上至宗族械斗下到小两口拌嘴，大总一到，有时话不出口，事就平了；大总还要有一副金肠玉肚，一个好酒量，三五十桌乃至百桌席面，都能敬上一圈，且上午喝了晚上还能喝，今儿喝了明儿还能接着喝；乡下三五村、有时十村八村才有一个大总……大总难当，大总也风光啊。

李老百就是我老家龙湾河沿岸六个村庄的大总。

李老百虽生在龙湾，但人高马大，十岁就长成了身腰，被他爹送到亳州"大生杠局"学徒了。杠局说白了就是专门抬棺的，混迹于五行八作、商贾官绅家中，自然能见到大的场面。

杠局老板想把自己的家当交给李老百时，李老百却动了心思，跳到"一街春"酒楼当了学徒。再后来，他竟与酒楼老板的女儿有了那事。事体败露，老板女儿自尽身亡，李老百就回到了龙湾，但再也没有婚娶。不知从哪一天起，李老百竟做起了大总。到五十岁上，李老百已是龙湾响当当的大总了。

这一年秋天，龙湾的铁匠韩铁锤，四十岁生日刚过，竟突然死了。撇下一个十四岁的女儿和三十八岁的媳妇金花。韩铁锤的丧事当然是李老百给张罗的。

韩铁锤过了一周年的一个晚上，金花来到了李老百屋里，"他李叔，你这些年就不想再续一房？"经风见雨的李老百，当然知道好事来了。金花又说："我也想往前走一步了，你看，你能给我找一个你这样的人么？"

李老百沉默不语。过一会儿，金花扑地吹灭了灯，借着月光，背过身子，解开了纽扣……

五十岁的李老百与金花结了婚后，人就年轻了十岁。

当大总，为东家忙了几天，事后，东家总是要送几条毛巾、四瓶酒、一条烟、一方肉、一条鱼什么的，排场的人家送的更多。过去,李老百总是把吃不了、用不了的送给左邻右舍。现在不一样了,金花在村街上开了个小店,把这些东西换成钱。龙湾人都觉得这也正常,又不是偷谁抢谁的,没有啥不光彩的。

以前,谁家有事,李老百总是从头到尾都在东家住的。现在,每晚都回家,人们也觉得正常,有了女人的人了!可后来,突然有人传李老百每晚回家,总是在腰里装上几盒烟或几条毛巾什么的,但都是私下里传,并没有谁见过。这话就像来去无踪的云一样,飘来飘去的。

那一天,大总李老百办完顺子家的事,在晚上酬劳忙工时喝多了。回到家后就病了。从此鲜有出过门,半年后竟死了。

出殡那天自然来了许多人,热闹非凡。关于李老百的死因说法多种多样:有说金花这女人阴盛,李老百抵挡不住;有说李老百那天酒醉了,装在裤腰里的烟出门时漏了下来,被顺子的家里人瞧见了;有人说李老百当了一辈子大总,出了这丢脸的事,哪还能活人……

无论何因,大总李老百终归是死了。

此后,龙湾也再没出过一个像样的大总。

杀爹的忙种

忙种是这几个村里有名的酒鬼。每天必喝,每喝必醉。喝酒是要钱的,没钱怎么办?他有的是办法,那就是给他爹要。

今天,是忙种这个冬天起得最早的一次。严格地说,他家唯一的一只公鸡叫第一遍时他就醒了。开了堂屋门,见东屋的房檐上挂着透明的冰琉璃,他就把头缩到了袄里,身子也一下子矮了几寸,瘦了几分。

走出大门,看着村子里的人都挎着篮子拎着包,向镇子的方向走去。忙种想,这年咋说到就到了呢?他踏着小雪一样的霜,吐着白汽也向镇子的方向走去。

镇子的街道被置办年货的人,挤得不停地扭动着。人们似乎都没感觉到冷,个个喜气洋洋的。忙种倒觉得太阳出来后,这天变得更冷了。于是,他缩紧了膀子。最后,他终于买到了谋划半夜的两样东西,一条蟒蛇粗的火麻绳和一口二尺长的杀牛刀。

瞅着蟒蛇般盘着的火麻绳和寒光闪闪的杀牛刀,忙种被自己的想法儿激动了,身上所有血管里的血都热热地奔涌着。快要立春了,要不这天咋说暖和就暖和了呢。

忙种来到自家大门口的时候,正好碰见老三骑着摩托车回来。老三是出诊去了,车子后面还捆着药包。

"二哥,你买这物件弄啥?"老三停了下来,摩托还突突地响着。

"你说弄啥,杀驴!"忙种阴森森的。

老三见二哥忙种并不理会他,就一脸懵地下了摩托车,推着向家里走去。其实,老三就住在二哥忙种的后面,两个院子也就隔着一堵墙。

进了家门老三还在想,杀驴?那瘦驴都被他杀了六回了,也没见驴身上出过血。每次还不都是爹给他几百块钱,了事。

想着想着,自己就不由自主地笑了。正在搭衣服的娘就问:"三子,你笑啥?"

老三就说:"笑啥? 二哥又要杀那瘦驴了。"

娘扭头望着前院说:"要过年了,三子你给你二哥送几个钱去。你弟兄仨就他亏呀。"见老三没搭话,她就站着不动了,脑子里过起了电影。

大儿当兵后在城里上班了,一家老小热热乎乎的。小三子跟老头子学医,钱挣得也流水一样地淌着。就二儿忙种不赶巧,正上学的时候老头子成了右派,肚子里没几滴墨水学医学不会,做生意吧老是赔,要不咋能染上喝酒的毛病呢? 这样想着,她就觉得鼻子一酸,哪个儿子不是自己身上的肉哟。她把手上的水往腿上擦了擦,进屋了。

"老头子,老二又要杀驴了,你给我几百块钱我去看看。"

"他那德性,再多的钱也是白搭!"

"你这是啥话,老二是天上飞来的,还是地里拱出来的! 就你偏心眼。"她还没说完,老头子就从椅子上站了起来，"这些年少给他了吗？都叫他喝了，一没钱花就打孩子、杀驴，这，这是啥话！"

说着，老头子的脸就气得紫了起来。

忙种就这个狗毛病，一没钱花就打孩子，孩子一哭出响动，这边就把钱送了过去。现在，他俩孩子都大了，都哭不出响动了，他就杀驴，让驴昂昂地叫出响动，这都杀六回了哪还能灵呢。

她这时生起老二忙种的气来。正在这当儿，前院那头瘦驴就真又昂昂地大叫了起来。

"你看，你看这！"她一边望着在堂屋里来回走动的老头子，一边向屋外去。

"你，你今儿敢迈出一步，我就打断你的腿！"老头子真的恼了，对着她喝道。这时，前院那瘦驴突然大声地惨叫起来。她脑子里一片空白，走出屋门，在那头驴一声紧一声的惨叫声中向前院跑去。

那头瘦驴确是被蟒蛇粗的火麻绳捆着四蹄，头昂着倒在地上。鸡蛋大的两眼，望着忙种右手中的长刀，还有自己滴血的一只长耳朵，无助地惨叫着。

"你,你!"她再也说不出话来,站了好一会儿,又疯了似的扑向忙种。

这时,老三的尖叫声越过驴子的惨叫,从后院传过来:"老二快来,咱爹不行了!"

一身酒气的忙种,突然大叫一声,转身向后院跑去。左手拎着那个滴血的驴耳朵,右手还拎着寒光闪闪的长刀。

"你,你哪是杀驴,你是杀你爹呀!"忙种的娘也跟在忙种的后面,跑着骂着。

春节过后,春天就到了。

龙湾人常看到这样一种情形:天一亮,忙种他爹就坐在不锈钢的轮椅上,望着忙种赶着那头一只耳朵的瘦驴,拉着板车向窑场走去……

从此,人们再没有闻到忙种身上的酒气。

陆知县

光绪年间,亳州的狗肉最为出名,享誉九州十八县,在京城也有美名。

一则是,这里出了一个专制狗肉的人物周三爷;更重要的是,亳州有一个人最爱吃周三爷的狗肉。这人就是被罢了官,住在后局街的陆知县。听说他是因酒醉犯了朝纲被罢官,但人们还是都称他知县。陆知县回乡后,仍然爱喝酒,喝酒必要有周三爷的狗肉。哪天喝得高兴了,还要操琴吟唱,最后必且歌且舞。

像这类屠宰卖吃喝的人,在亳州是不被人以爷相称的。但手艺超绝就是另一回事了,人们都称周三为周三爷。周三爷的狗肉有三绝,一是专用活狗,二是捉狗的招儿绝,三是腌制焖煮的招儿绝。

周三爷选用的是健壮活狗，屠宰剥皮放血，用涡河水冲洗浸泡，去其污秽，然后将白条狗肉分割成块，一块块都是手掌大小。分好块的鲜肉，放入硝盐缸里腌好，这腌很是关键，要根据肉的老嫩及季节天气的不同来掌握腌泡时间的长短和用盐的多少。腌好了的咸肉，还要根据肉的老嫩及季节天气的不同，配以花椒、元茴、丁香、桂皮、生姜、砂仁、玉果、白藏、小茴、口蘑、肉蔻、山奈、莳萝子、甘草、陈皮、香草叶、八角、紫苏、绍酒、冰糖等二十种辅料，佐以鼋汁，用铜锅干桑柴文火焖煮而成。这样出锅的狗肉，色泽鲜红，肉烂而不腻，香气浓郁，醇美诱人。

但这仍算不了亳州狗肉中的上上品，上上品的狗肉，是用漫野地里的野狗精制而成。野狗如狼，难寻啊。这难不倒周三爷，他只要到了城外的野地里一遍，就知道有没有野狗，野狗在哪儿。然后他把食指往嘴上一放，呜呜吹上几声，野狗就乖乖地向他身边跑。等野狗离他有一丈多远时，他就蹲下了，从怀里掏出一丸黑乎乎的东西，平放在左手心，手贴着地面，野狗就越来越慢地向前走,走着走着就俯在地上,向周三爷这边爬来。野狗离周三爷的手还有半尺远时,周三爷就伸出右手,轻轻地抚着狗脖子上的毛,一边抚一边像哄孩子一样说:"吃吧,吃吧"。野狗勾下头来,哼哧着鼻子,闻了一下,又闻了一下,这狗终于控制不住自己张开嘴来,伸着舌头把嘴向前凑着。突然周三爷的右手往前一送,一抓紧,一翻,噔嘣一声,周三爷的手像钳子一样钳住了野狗的嘴,这时野狗的两只后腿蹬扒着扑腾了几下,就再也动不了了……

陆知县吃狗肉是在早晨,四两狗肉二两玉泉春到肚,这一天就只有看他乐了:或弹琴,或泡澡堂,或进戏院,或独步城外……陆知县吃狗肉吃多了,就与周三爷有了感情,这俩人还不是一般的感情。周三爷总是把狗脖子上的那四两肉,单挑着送给陆知县;陆知县有时也抱着琴,向周三爷住的寺西街去,但多是在明月浑圆的夜里。

这是一个月光如雪的晚上,陆知县抱琴来到了周三爷的院子里。

周三爷正要呛狗,他杀狗都是用水呛的。他正端一瓢清水站在狗前,口中一声呼哨,狗就张开了嘴,忽地把水灌进狗嘴里,狗叽的一声,就死了。周三爷刚刚呛了狗,正要剥皮,陆知县就说:"你剥狗,我给你弹一曲,如何?"周三爷也没推辞,就说:"能被知县大人引以为知音,是周三的荣幸啊!"

　　这时,陆知县就摆正琴坐了下来,只见他屏了一口气,抚在琴弦上的右手一挑,琴咚地响了。接着,舒缓的曲子弥漫开来。序曲过后,曲子变得欢快而有力,或跳跃,或回旋,或疾进,或慢退,或突然而来,或戛然而止,起止爽脆,节奏鲜明……站在琴前一动不动的周三爷,知道这是唐代的曲子《剑器》,陆知县曾给他弹过,也给他说过,这是民间公孙大娘把舞剑音乐化的剑曲,张旭、怀素曾从这支"浏漓顿挫,刚柔相济"的曲子中大受启发,从而草书大进。

　　琴声在陆知县手下由柔慢再向激越过渡时,周三爷转身把刚才呛死的那狗挂在了架木上。陆知县手下一个长音滑过,倒悬着的狗肚皮上唰地裂开了一条细缝,这时琴声一忽儿动如崩雷闪电,惊人心魄;一忽儿止如江海波平,清光凝练。琴曲声中,周三爷两只手一甩,一拽,接下来便是噌噌、噌噌噌的声音,和着琴声,手或快或慢或轻或狠,乐声一停,一块完整的狗皮就托在了周三爷的手上……

陆知县与周三爷这般交情,就使周三爷的名声大振。到了周三爷六十岁的时候,他的名号就传到了京城,京城人就有专门来亳州品尝他制的野狗肉的。但好景不长,又过了四年,六十四岁的周三爷煮好最后一锅狗肉后,突然就不行了,夜里竟断气归天了。凭他在亳州城的名气,丧事自然也不会寒酸,来吊唁的亲朋好友一拨接一拨的。但人们期待中的陆知县却没有来。人们都觉得奇怪,丧事就没有了想象中的味道了。

出殡的那天早上,人们期待了九天的陆知县终于来了。陆知县没有带纸钱、冥箔什么的,只抱了一架旧琴,拎着一瓶玉泉春。他旁若无人径直来到灵堂前,行了二十四拜大礼,把酒打开,将半瓶酒洒在地上。

这时,早有人把矮桌搬来,把琴放到上面。陆知县手拎着半瓶酒，仰脖灌进肚里，一提长衫下摆，坐在了桌后的方凳上。

院内寂静如水。陆知县双手抚琴，静息许久，突然右手一挑，琴声骤起。他弹的依然还是《剑器》，在淋漓顿挫、刚柔相济的曲子中，他张口吟唱不止。眼前的人们都被他的琴声和歌吟所震惊，没有了任何响动，一个个瞪着眼，支着耳朵，歪着头，入静了一般。

突然，咚的一声，琴声乍停。

陆知县猛地站起，猏猏地学着狗叫……

老工人张玉民

　　张玉民的小名是什么,没有人喊过。人们常叫的是他的大名张玉民,以及外号"老工人"。

　　老工人确是当过工人的,是龙湾第一个吃公家粮的人。他弟兄仨,自己是老二,他十来岁的时候父母就都死了,弟兄仨被他舅带到龙湾,生存了下来。他十七岁那年,国家开始大炼钢铁,分给龙湾一个当工人的名额。因为他无依无靠的,又喜欢在村子里摘桃偷杏的,就让他去了。

　　他离开龙湾后,这一带就开始闹了饥荒。饿死的人十有五六,人相食的事都出了。三年自然灾害过后,跟张玉民一起去当工人的,都开始回家探亲,但他却坚信自己的一个哥哥和一个弟弟饿死了。就托回来的人,在他家祖坟上烧张纸。可这个邻村人并不知道他张玉民的祖坟，就来到龙湾问。这时，张玉民的哥哥和尚才知道老二的下落。五年了，才给家里一个音讯。哥哥和尚和弟弟结实，越想越恼：你不回来就不回来吧，还咒我们饿死了！

听来人说，老二在省城一个钢铁厂看大门，整天托着收音机听洋戏，还穿着大皮鞋。和尚与结实就很生气，苦思苦想了半个月，才想出办法来。

他们请正在上初中的孝孩，给老二张玉民写了一封长信。信中的几段"诗"，龙湾上了年岁的人，至今还记得一句不差："张玉民你不是人，出门三年忘祖坟，不想哥、不念弟，整天抱着铁盒子听洋戏；老工人你真是抖，整天票子不离手，脚蹬大皮鞋，嘴噙跃进烟，怀里搂着妖女子，你不问弟兄们的死与活……"

张玉民接过这一封信后，半年没有回信。

半年以后，和尚、结实正要写第二封信时，张玉民却背着小被子和一个洗得有点发黄的背包，在一个月亮很好的晚上回到了龙湾村。

用他的话说是,我要回来为龙湾村干点什么。其实,老三结实一直认为二哥张玉民是受了"七级工八级工,不如社员一沟葱"的影响才回来的。老工人张玉民并没有像龙湾人想象那样,带回来什么妖女子,他仍是独身一人回龙湾村的。

老工人虽然只出去了五年,但与龙湾人却截然不同。说话一是喜欢带"我们",二是喜欢说"我们省里怎么怎么",让人们明显感到他与众不同。不仅是从言语上,他的穿戴也比龙湾人明显的鲜亮,他总是穿着那件发白的蓝工作服,头发也总是用水梳得一根一根的。

张玉民回到村里后，人们发现他喜欢喝酒。常常到供销社买酒喝。他一个人干活，挣的工分就一个人吃，偶尔买点酒还是可以的。他弟弟结实却说，他从省里回来带了好多钱，就知道自己喝，一点儿都不肯接济亲弟兄。两个人的矛盾就越闹越大，有时见面都互不说话。

老工人刚回到家乡的那几年，没有人敢给他介绍对象，人们总担心他看不上乡下的姑娘。乡里的姑娘毕竟不懂得什么"我们省城里"。虽然，他总喜欢面对龙湾人说些省里的事情，因他不识几个字，最终只有老老实实的当农民。

老工人总喜欢在闲的时候手捧《毛泽东选集》作沉思状，他说他在工厂那阵子是学《毛选》积极分子，尽管大家对这事一直持怀疑态度。

老工人张玉民，确实具有工人阶级的那种直爽感情。有一天，他喝酒后编了一首诗，在自家院子里大声念，恰巧被路过墙外的结实听到了。结实认为他说的是反党，就告诉了队长王老歪。王老歪就把村里的人集中在麦场里，让张玉民自己交待。他开始不承认，后来被王老歪用步枪托子,照屁股上砸了两下,才开口:下地干活一窝蜂,打着号子往前冲,锄头点到地皮上,每人工分一般同……

当场,他就和刘少奇他老人家一起被村子里人当作了"阶级敌人"。

现在看来,主要是村里确实找不到一个能被当作靶子斗的人。再者,又是自己亲弟弟揭发的,更重要的,他是从省城回来的老工人,人们早就看他不顺眼了。这一斗不当紧,断送了老工人张玉民美好的婚姻生活。从此,老工人张玉民就一个人独自的过活了。

但是,他常说:我要是从省城不回来,现在该怎样怎样了之类。

二十世纪八十年代,土地承包责任制后,一家一户的种地了,老工人就显得更孤独。他住的土打墙院子,塌了几个豁口,一串红辣椒挂在缺了瓦的房檐下。屋内的土条几上放着四本发黄的《毛泽东选集》。

人也没有了原来那种工人老大的派头,整天一副蔫蔫的样子。

1990年冬天的一个夜里，喝了酒的张玉民，静悄悄地走了。

那一年，他刚过五十岁。

喜葬酒

麻油李不是龙湾村的人，但他住在龙湾河的河滩上。

我小的时候是叫麻油李"麻油爷"的，后来大家都喊他麻油李，我也就跟着喊了。麻油李是以磨麻油、卖麻油，而知名于龙湾方圆地界的。他磨的麻油从来不掺菜籽油、松子油之类，最纯最香。他整天挑着一个挑子，前头是盛麻油的铁桶，后面是盛芝麻的笆斗，笆斗里放着半瓶红粱液酒。

麻油李特别喜欢喝酒和打骨牌。只要碰到对手，油挑子一放，就打了起来。许多时候，麻油被嘴馋的孩子们，用提子倒在窝窝头里，他也不知道。

这一年入冬，麻油李就不能挑挑子卖油了，整天在家里喝酒。三九的第二天就去世了。据说，是喝多了再也没有醒来。

七十多岁的人了，说走就走也是正常的。咽气的那一天，麻油李的五个儿子、五个儿媳以及十多个孙子和孙女，都挤在了麻油李居住的院子里。儿子哭，儿媳号，孙子和孙女倒像看热闹一样，嘻嘻哈哈的。毕竟七十多岁了，龙湾人认为人一生有三件大事，出生、结婚和死亡，把六十以上的人的死当作喜事。人活过了六十，死了就是寿终正寝，应该高兴，所以要大操大办，要热热闹闹的。

像这样岁数的人老了，是要过三天的。三天之内请一班吹鼓手吹吹打打，演奏的调子也多是与结婚时吹奏的一样，喜喜庆庆的。现在龙湾这一带常吹奏的是"妹妹你大胆地朝前走"和"悠悠岁月"之类。麻油李过世的第四天，天一亮，掘墓的人喝过酒以后，就直奔他的祖坟而去。

祖坟是风水先生看过的，挖墓人在麻油李妻子的墓穴旁，定了穴位，放了鞭炮，就细致地挖了起来。麻油李的墓穴和妻子的墓穴，只隔薄薄的一层，风一吹就能透。

在人们的焦急等待中，大总终于扯长嗓子喊："起棺！"

麻油李的大儿子西海，拿起一个钻了五个孔的黑色瓦盆（龙湾人称作劳盆，一个儿子一个孔，只有大儿子才配摔），啪地往地上一摔，吹鼓手演奏起来，大队人马抬起棺材向外走去。这时，一身白孝的儿子、儿媳、孙子孙女及亲戚哭声大作地向前移着，前面是男人，后面是女眷。

与此同时，从村口到墓地之间，左村右舍的人们也伸长着头向村里看着。哭声大作的人们，到村口突然停止，所有的女人们都放下手帕，露出红红的俏脸开始小声说着什么。这些人脸上既没有泪痕也没有悲伤，眼泡一点也没有发胖发肿，悲伤的哭声原来像戏台上的戏子一样。

看热闹的人们更是叽叽喳喳地议论着哭丧的队伍中谁长得俊。要得俏一身孝吗，那些女子穿上一身白，更衬托出一头的乌发，桃花似的脸、樱桃似的小嘴更让人看了心痒。

棺材到了墓地，西海跳进墓穴，用手把墓穴里的泥土捧了出来。爬出墓后，四个人用绳子兜着棺材，徐徐地下去。接着，十几个男人每人一把锹往墓穴里填土。转眼间，墓穴填满了。再一转眼，地上突起了高高的坟头。接着西海把长长的白纸幡，插在了坟头。其他人就在西海的带领下绕坟三圈，仪式就算圆满结束了。男人们拍拍身上的土，一脸的如释重负，女人们更是轻松，说笑着向来时的方向逶迤而去。

接下来便是一顿丰盛的酒席了。

农村的酒席只要肉肥肉多就是好席，一人一顿能吃半斤肉。西海弟兄五个丧事均摊，自然让人们吃得嘴里流油。太阳落山了，有人拍着圆鼓鼓的肚皮，打着酒嗝走了。

麻油李的一生，就这样以人们的一顿酒席结束了。

杜大顺

杜大顺是我的朋友,严格地说应该是酒友。算起来,我们认识快三十年了。

1993年,我调到酒厂工作。一个偶然的酒桌上,认识了杜大顺。那时,他有二十二三岁,比我小三四岁的样子。他喝酒很爽快,酒量也大,那一次,他喝掉的三十八度古井贡酒,足有一瓶。他家是做中药材生意的,当时,家里应该有差不多几百万。那天,是他父亲请客,话语权在他父亲,他就是一个跑前跑后、喝酒、赔笑、点烟、买单的角色。但是,却给我留下了很深的印象:知礼,恰当。

接下来,一两年内,我们好像又喝过两三次酒。我们间的谈话就多起来。他高中毕业,就跟父亲一道做生意了,走南跑北地给各家中医院送中药。人爽快开朗,也很单纯,就是爱喝酒。

后来,不知什么原因,我们就再也没见过面。时间长了,也就把他忘了。

2001年11月,第一场雪就下了。有天晚上,我刚与朋友喝过酒,躺在床上正准备休息,手机响了。这电话是杜大顺打的。已经有五六年没有联系过了,我根本想不到是他,打了两次我才接。电话接通,他说:"叔,我是大顺啊!想您了,想找您喝场酒呢!"我迟疑了一会,还是没敢搭话,真的一时想不起他是谁了。这时,他又说:"叔,您忘了啊?俺爹跟您是朋友,卖药的!咱喝过几次酒呢。"啊,原来是他。

打过这个电话的第三天晚上,我们在金色年华大酒店见面了。

他在酒店门口迎我的时候,我第一眼竟没有认出来他。他这时已是标准的商人模样了,左胳肢窝里夹着个小包,头梳得有棱有角的,合体的深色西装,尖头皮鞋。这打扮让我觉得很生疏,也很不舒服。他引着我到了一个小包厢，里面的一个高个女孩立即站了起来。这女孩足有一米七，短发，丹凤眼，高鼻梁直挺挺的，先微笑后开口，端庄大方。我一时有点懵。这是摆的什么"鸿门宴"呢。

落座后，杜大顺先是介绍身边的女孩说："她叫梁爽，是我女朋友，不，是未婚妻！"接着，又赔着笑脸说："叔，今天请您来，一是小梁知道您是作家，酒量又好，早想认识您！当然，更重要的是想请您当我们的证婚人。"

我心想，我们交往并不多啊，怎么请我当证婚人呢。正在疑惑之际，杜大顺又说："叔，小梁读过您不少小说呢。崇拜您！"

我笑了笑，真是不太好回答。很快，菜端上来了。杜大顺起身，从房间的传菜台上拿来两瓶古井贡酒。我正想说，能喝这么多吗？他又转身去吧台拿过一瓶。然后，笑着说："叔，今天，咱爷仨，基础量一人一瓶！"

"这，这，我现在不行了，喝不了那么多啊！"我急忙制止着。

梁爽就站起身说："叔，没事的。喝不了，我们替您喝!"

"啊,你们酒量都这么大啊! 不是一家人,不进一家门啊!"我心里有点犯怵了。今天,是遇到了强敌了啊。

酒倒好,杜大顺和梁爽都起身,端起酒杯敬我。酒杯是那种一杯一两的,一口酒下去,胃里便感觉到了酒意。

这时,梁爽说:"叔,我与大顺以酒为媒,是以命换命的朋友、恋人!"

"啊! 你们还真有故事啊。"我心情大好。一个写小说的人,当然喜欢有故事的人了。

杜大顺又端起一杯酒说:"小梁就喜欢看您那个叫《汪花脸》的小说,每次我俩喝酒,都讨论你那个小说!"

作者最爱听这话。我的兴致陡增,端起杯子跟他们主动碰了起来。

每人喝了六杯,都有些酒意了。杜大顺开始讲述他们的故事了。

那是1991年11月22日,他押车去烟台中医院送药。十分顺利,价格也合适,他很高兴,就让拉货的司机先走了，自己想到大连玩两天，买了24日13时20分由烟台到大连的船票。上午，他到了月亮湾景区，准备先看看。这里左眺烟台山，右依东炮台，背靠岱王山，山石、海水、港湾融合一体，很有气势。一东一西两座岬角拥着一片深月形的海湾，海水清澈，沙滩平缓，卵石晶莹，风轻境幽。一道宽约一米，长约二十余米的木石长堤像一道长长的破折号，静静地伸向海中。杜大顺八点钟就到了这里，这地方只有十来个人，冷冷清清也有些幽静。他离铜雕《月亮老人》十几米的时候，突然看见一个高挑的女孩正一步步向海水里走去。当时，天气很冷，他立刻想到这女孩不可能玩海水，一定是要自杀。于是，他赶紧跑过去，一边叫一边下了水。

说到这里，梁爽端起酒杯，站起来说："大顺，我敬你一杯！"

一杯酒喝下，梁爽擦了擦眼里的泪水，停了一会儿，微笑着说："我那时真傻，为了几万块钱就要去死！"

梁爽是烟台的女孩，自己经营服装。那时，海对岸的大连是全国高端服装的聚集地，由于没有经验，被人骗了八万块钱。当时，这钱有一半是借的。她讨还无门，一时想不开，准备跳海。

杜大顺把她救上来后，打车拉着她到市区一家商场，买了新衣服换下，把换下的湿衣服装在袋子里。一个多小时折腾下来，两个人都冷得打颤。杜大顺就带着她来到一家小酒馆里，要了菜和饭。这时，梁爽说来瓶酒吧。于是，就要了瓶古井贡酒。

梁爽开始并不说话，就是一杯接一杯地喝。杜大顺就陪她喝。一瓶酒喝完，两人就又要了一瓶。两瓶酒喝完的时候，杜大顺才突然想起要去乘1点20分的轮船。这时，梁爽就说要送他上船。两个人打了车，赶到烟台港时，已经晚了十几分钟。他们看着"大舜"号轮船离港驶走。

杜大顺没赶上船，有些惋惜。梁爽就说，是自己耽误了他，要请他继续喝酒。杜大顺当时觉得梁爽还是有问题，想到救人要救到底，想把她送回家。但梁爽就是不说家在哪里，执意要去喝酒。杜大顺只有顺着她。他们来到一家叫"蜇坐"的小馆子，又开始喝起酒来。

他们怎么也没有想到，这艘"大舜"号轮船在他们正喝酒的时候，已经遇风浪沉海了。生死于一念之间。杜大顺不是看到了梁爽，梁爽肯定跳海自杀了；如果不是救梁爽，杜大顺正常上船，肯定也生死难料。他们真的是彼此互救了对方，给了对方一次生命。

　　一周后，我参加了他们俩的婚礼。从此，我们几乎每年都要聚三两次。

　　现在，杜大顺和梁爽已拥有了自己的中药片厂和服装厂。他们自己说，已是坐拥十几亿资产的人了。

　　他们也快五十岁了，但依然喜欢喝酒。只要有时间，夫妻俩都会坐下来喝几杯，而且，更多的时候是喝着喝着就喝多了。

　　从他们身上，我相信了缘分，也相信了生死一念间这句话。是酒给了他们第二次生命和幸福。

　　每次喝酒时，我都要举杯祝福他们。

废老儿

废老儿本不姓废，我们龙湾根本就没有废姓。

他的名字，却是从一出生就注定了的。

废老儿的母亲一连生下七朵金花后，才怀上废老儿。临出生的前一天，废老儿的父亲便去龙湾河南岸，请接生婆神手张——张婆。时年，张婆奔走于乡野，已七十有四载。

废老儿的母亲，在枣木床上辗转呼号的第二天，张婆才被一条瘦驴驮进龙湾。

张婆好酒。无论进谁家，首先要吃三个荷包蛋，外加半斤白酒。

她来到后，废老儿的母亲只是干号，并没有到瓜落蒂的时候。到了晚上，张婆刚喝过酒，废老儿的母亲就

一阵尖叫,呼天抢地的。又过了两个时辰,废老儿终于
出了娘胎。

张婆抹一把脸上的汗珠子,拿起那把系着红绸带的
黑铁大剪刀,手颤巍巍的,只听嘎吱一声,合上了剪刀。
这时,只听废老儿哇的一声厉叫,张婆瘫坐在了床前的
血污中。原来,脐带没断,废老儿的小鸡鸡被她齐根剪
了下来。

血色黄昏中,神手张婆没能再骑上那条瘦驴,而是
被哭声如驴叫的两个孙儿抬走的。喝了酒的张婆,摇摇
晃晃地走到门外,在一棵枣树上撞死了。

苦楝叶儿,黄了又绿。废老儿和一群小伙伴,赤脚
在龙湾河滩玩耍。忽然,有一顽皮孩子提出比比看谁尿
得高。当一线线长泡尿过之后,废老儿哇的一声哭了,
捂着下部向家中跑去。

自此,似乎再没人听到废老儿说过什么话。但人
们常常随着他的拳起脚落,听见一些孩童们的尖叫。

这孩子迟早是要出事的。

在乡邻们的恐惧中,废老儿他爹把废老儿送进了和

尚庙,那年废老儿才十岁。

于是,和尚庙里便多了一个秃头少年,每天都在发疯似地习武练功。十年以后,也就是1928年,废老儿突然随着离去的国民党部队不见了。有人说,庙里的主持为了修葺山门,把废老儿卖了壮丁;有人说,废老儿喜酒,破了庙规,被赶出山门;也有人说,他是为了修山门,自愿卖身的。

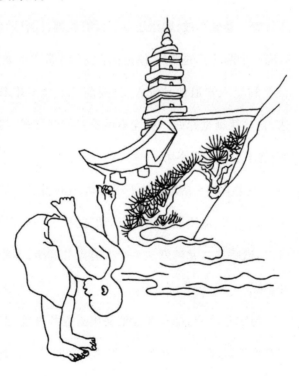

令人吃惊的是,废老儿经过二十年三百零八次大小战斗,竟毫发无损。只有一次险象,一颗子弹朝胸口飞来,却被他贴身的长命锁挡了回去。然而让见到他的老乡们打不起精神的是,他虽然大命不死,却没有厚福,仍是一个人。

淮海战役时,废老儿带着一连人,在双堆集投了解放军。不久,废老儿便渡过了长江。1950年寒冬,废老儿背着一卷破军被,踟蹰还乡。没有奖牌,没有勋章,乡政府一个两寸长的纸条,便把他安排回生养他的龙湾。

村里人知道他是废人,且闯荡三十余年并未见发达,自然就难觅媳妇。就连不生不养的傻二妮,都不跟他,更不要说有家小了。

废老儿整天落寂寂地下田劳动,见床酣睡。清静日子没过几年,他便成了历次"运动"的靶子。戴高帽,跪青砖,遭唾骂。龙湾就他一个人有点儿经历,不斗他又斗谁呢。

历次斗争会,都有人让他交出玉壶和神龟,但他每次都说玉壶碎了、神龟跑了。他刚回来时是用玉壶喝酒的,村里不少人都见过。人们就到他那间破土坯房中搜,却没见过踪影。时间长了,这就成了谜。

十年后,倒是有一个八岁的小囡囡说,见到废老儿这两件奇物,且摇头晃脑地学着废老儿的话:壶为大太监李莲英亲题"日月精华"之玉壶,龟为背刻"千年精灵"之寿龟。

实行联产责任制后,因年迈无力,废老儿自动放弃分给他的两亩河湾田,在村小学校旁支一杂货摊,聊以度生。

日月轮回,流年似水。

这一天,一位西装革履的中年人,忽然间来到废老儿的杂货摊前。他来回溜达十几趟后,才提出要买玉壶,要看神龟。

废老儿三天无语。

第四天,太阳刚露脸。废老儿手捧十万元新钞,来到年轻的村长面前:建一所像样的学校吧。

三个月之后,一所青砖青瓦,白墙红院的村小学落成。从此,废老儿收摊拔座,蛰居土坯房中,再未见其走动过。

前年回乡,惊闻废老儿已作古。询问乡邻,皆不知其仙逝年月、原因。离乡之日,忽有九旬王婆相告:废老儿没了玉壶,喝不下酒他便没了阳寿。

难道玉壶和神龟,就是废老儿的命吗?

我想,肯定是!

废老儿坟头上的青草,却默默无语。

醉　贼

这是十几年前，发生在村里的一件事。

那时，村里的年轻人都去打工了，剩下的都是老男人、中老年妇女和孩子。夜里，村子时常被贼偷。村里就组织了看家队，黑炮爷当队长。

这天，黑炮爷敲过二遍锣，走到村西的草丛边。突然，他听到啪嗒啪嗒的声音。他心里一惊，贼莫非真的来了！黑炮爷把心提到嗓子眼处，躲在草丛里，盯着向这边走来的黑影。显然黑影没有觉察他，依然很慢地，啪嗒啪嗒地向他走来。黑炮爷并没有怕，他屏住气，猫起腰，就等这人走过来。啪嗒啪嗒，啪嗒啪嗒，这人终于靠近了他，严格地说是他能扑倒这人了。

这时，黑炮爷一跃而起，扑倒了这人。这人显然是一惊,想挣脱,黑炮爷就死死地压着他,然后扯起嗓子大喊:"都起来了,捉贼啊! 捉贼啊……"

豁子婶是第一个听到喊声出来的。她赶到跟前,一边喊一边挥着手里的木棍,向这人的腿上砸去。这贼的上半身被黑炮爷压着,豁子婶就只能砸他的腿,一棍比一棍狠,一棍下去这贼就嗷一声。不一会儿,手电光柱像一条条亮剑,向这边聚来。晃动着的亮剑,胡乱地划破了夜空,划破了村子。

村子里的大人都来了。他们用绳子捆住了贼的胳膊。贼歪坐在地上,一言不发,有些惊恐地看着站在他四周的人。手电光照在他脸上,黑炮爷突然觉得这贼在哪里见过,年龄并不大,可能还不到二十岁。他头发乱乱的,衣服也脏脏的,低着头,眯着眼,一身酒气,似乎没睡醒一样。贼是被捆了起来,接下来该怎么办呢? 黑炮爷看看四周的人,心里有了主意,他觉得应该将这贼审一审,让村民打一打,出出心里的惊气。这时,他看到了不远处有一棵碗口粗的楝树。他要把这贼吊在那棵楝树上,亲自审一审这折腾了他快三个月的贼。

贼在人们的吆喝声中站了起来。黑炮爷牵着绳，后面的女人们就不停地从后面打，有对脸捆的，有向屁股上踩的，够不到的就朝他身上吐唾沫。来到楝树下，黑炮爷把绳子向枝杈上一撂，然后用力向下拉。见他拉得吃力，就又上来两个人拉。随着嗷的一声，贼的身子就直了起来，又嗷的一声，这贼的双脚就离地了。黑炮爷把绳头拴在树身上，拴了一道又拴了一道，感觉不会滑了，才放心。

　　接下来，人们就劈头盖脸地打过来。每个人心里都像有万丈怒火，有解不完的恨，这愤怒和恨就变成耳光、变成拳头、变成手里的棍棒、变成手里的鞋、变成唾沫，一齐向这贼涌来。这贼是在不停地嗷的，但他的声音被淹没在了这些人的声音中。打了一阵后，黑炮爷挥了挥手，想制止一下，但没有人听他的。这些女人们，一个个成了勇士，咬着牙、发着狠的一边打一边骂。黑炮爷喊了几声，人们才停下来。楝树下突然一片寂静。

　　黑炮爷看了看这贼，就厉声问道："说！你是哪里的？"这人并不吭声。"你说不说？不说就打死你！"这时，人们又打了过来。黑炮爷挥了挥手,从长生家媳妇手里要过手电,他把光照在贼的脸上,心里一动,他觉得这贼他见过,而且是几天前他到集上买硫黄时见到的。

"你到底说不说?"黑炮爷又厉声喝道。这贼仍然没有反应。黑炮爷心里又一惊:这人一身酒气,不会是喝醉了的傻子吧?是傻子也得出声啊,从扑倒他到现在,只听到会嗷。难道你是哑巴。想到这里,黑炮爷心里很复杂,有一种不知怎么办的迷茫。这时,豁子婶走到树前,她攥着绳向下一坐身子,这贼就又嗷了一声。

"你到底说不说?不说你会被打死的!"黑炮爷又厉声骂道。贼仍然是一声不吭。

这时,人们更加愤怒了,纷纷挤上去,这愤和怒就又变成耳光、变成拳头、变成手里的棍棒、变成手里的鞋、变成唾沫,一齐向这贼涌来。一会儿工夫,这贼就连嗷嗷也不能了。黑炮爷意识到问题的严重,让人停下来。他用手电一照,这贼已经口吐白沫,眼皮也塌了下来。

"快松绳,怕是死了!"豁子婶一边喊,一边松绳。随着绳子的松开,贼就顺着树干瘫在了地上。

黑炮爷蹲下来,把手放在贼的鼻子上,他虽然感觉到了还有气息,但已经是相当微弱了。于是,他仰头看了看四周的人们,说:"这贼怕是不行了,打死了我们还犯法呢。快,快把他抬到我家去!"

　　俗话说,死重死重,这半死的人也重得很,何况抬的人一多半是力量小的女人呢。至少用了快半个时辰,才把这贼抬到黑炮爷家里。黑炮爷把绳子拴在门框上。长生家媳妇,就从暖瓶里倒出热水来。她一边吹着,一边往贼的嘴里灌。这贼开始不张嘴,长生家媳妇就骂:"不想活了啊!"有人就蹲下来掰他的嘴,热水到了嘴里,他就吭一声。这时,黑炮爷点着烟,对人们说:"都回去吧! 他拴在这里了,天明我们把他送到镇去上去!"

　　人们你看我,我看你,不知如何是好。

　　这时,黑炮爷又说:"都回去吧! 拴在这里了,天明我把他送到镇上去!"这时,人们才陆续散了,晃着手电光,各自朝自家走去。人们走了,黑炮爷关好大门,甩了手中的烟,急急地走回来。此时,他心里很难受,知道这人不是贼。从这人被吊起来第一声嗷的时候,他就觉得

145

这人是那天他在集上见到的傻子。但他没有办法，他只有让人们打，他也只有厉声的审，不然，就解不了人们心里对贼的恨。

他现在要做的，就是赶快给这人弄点儿吃的。

他拉开了煤球炉子，准备先弄碗稀的。月亮穿过云层，今天又是十四，月亮已经长得像他的铜锣一样圆了。黑炮爷手忙脚乱地给这人喂了稀饭。喝了稀饭的他，活泛了过来，已经能坐了。黑炮爷又掰开一个馍，把酱豆夹在里面，然后递给这人。这人一见馍，突然来了精神，一把抢过来，向嘴里塞去。

吃过东西，这人就睡了，而且是扯着鼾睡了起来。黑炮爷就坐在他的旁边抽烟，一支接一支地抽。他现在能做的就只有一条，把这人放了。如果不把这人放了，天亮了，他真不知道如何收拾。放了也好给村子里说，就说后来自己睡着了，这贼就自己跑了。

天快亮的时候，黑炮爷推醒了这人。他一手攥着绳子，一手扶着这人，向村西头唯一的出口走去。路的两边是一尺多高的杂草，把路弄得有些幽黑。微风吹过，不时有鸟儿从路旁的树枝上飞出。天快亮了,鸟儿也醒了。

出了村口有一里多路,黑炮爷才把绳子解开,然后说:"走吧,快走吧!"

这人看了一眼黑炮爷,很茫然地向前走去。

黑炮爷点了一支烟,瞅着那人一点点远去,一点点模糊,最终看不见了。

这时,黑炮爷才向村里走去。

韵兰儿

韵兰儿乃翠花巷一暗门妙女，与其母独处小院。究其身世，街坊们都不能说其详。有说其母原为泉城娼门，泉城被日本人攻占，才逃至药都；也有人说韵兰儿是其母收的义女。因她们母女很少出门，也不可考证。韵兰儿初到翠花巷时只有十岁，日日随其母弹琴作画，并不接客。其母，夜间偶陪城内富商。

十五岁时，韵兰儿已肤若凝脂，面如莹玉，体骨妍媚，明眸善睐，俊逸多姿，婀娜惹人。时常为客人鼓琵琶吟小曲，其母以箫和之，珠喉乍啭，脆如裂帛，婉约之声若柳外莺语、云间凤唳。城西门赵家大少爷，每月来十多趟，挥金如土为之置妆，仍不能近其身，只能偶以酒狎之。一时间，翠花巷热闹起来，官商人家子弟多来送贴求见，意在争为韵兰儿破瓜之荣。

韵兰儿只有一人，而药都城浮浪男子云集。有的人，半年都没能与韵兰儿同桌而坐，更不要说听其鼓琴吟曲，与其推杯浅酌了。城西门赵家大少爷，倒是最得韵兰儿喜欢，据说韵兰儿每次都会陪其饮一盏九酝春酒。一来二往，赵家大少爷竟得韵兰儿一幅《兰竹图》。

赵家大少爷并不通画，也是为了人前显摆，竟把这图带到多宝斋，请高手品评。多宝斋店主邹先生一见，就怔住不动了。只见这图：主角是兰，其次竹石；冷竹峭石，衬出兰生于深谷不以无人而不芳、不为恶境而改节的婉顺柔韧；其画法，工写兼用，以线条为主，略施淡色，水墨变化更显花容叶姿，色香味韵；细细品味，春寒的阴、晴、风、雨气息扑面而来。真乃兰中上品。之后，韵兰儿的名声更大，人们都为能得其片墨为荣，更不要说与其共饮了。

赵家大少爷知其画品也这般高格，更是不惜重金，来得更勤了。但此时更有一人看中了韵兰儿，他就是汪伪"和平救国军"张岚峰部师长汝大中。汝大中精于治军,喜好书画,乐于音律,喜喝花酒,更爱风月。他驻军药都不久,就听说了韵兰儿的芳名。

这一日,他便装打扮后进了翠花巷。韵兰儿看其帖子,虽不乐意,也只得强颜笑迎。韵兰儿先为其操琴吟唱一曲《清平乐》,继而为其画兰一轴。汝大中雅兴大发,也为韵兰儿画了一幅《红梅闹春图》。汝大中不仅熟于飞白画法,而且兼用狂草笔意,花枝交接处,笔断意续,运笔风神峭拔,挺劲潇洒,自根至梢一气呵成。其画,枝多花繁,繁而不乱,疏密有序,密中见疏,疏中时有聚散;殷红的花朵虽有媚态,但与铁骨铮铮的干枝相映,亦显珠玉迸发,清气袭人。韵兰儿在一旁微笑颔首。其母便从一闻香酒楼叫来一提盒下酒菜,从家中柜子里抱出一坛九酝春酒。当夜,韵兰儿竟破例留汝大中过夜。

汝大中是一师之长,拥兵药都,他看上了韵兰儿,其他人自然不敢再想。韵兰儿对汝大中也是殷勤伺候,汝大中对韵兰儿更是相见恨晚,两人几乎是日日同眠。有时夜间,汝大中也把韵兰儿接到汝的住处姜家公馆。

这日,韵兰儿又到姜家公馆。一夜缱绻,韵兰儿早早起来梳洗装扮。待汝大中起床，韵兰儿郑重对他说："我有一事相求?"汝大中笑了："你说吧，没有我办不成的事儿!"韵兰儿望着汝大中的双眼说："我要你杀了日本宪兵队长山本一郎和警备队长小野腾木!"汝大中突然站了起来："你，你是什么人？怎么能让我这样呢!"韵兰儿坐在了圆凳上，"我就是一风尘弱女。第一次见你画梅，虽花有媚态，但老干横枝铁骨铮铮，知先生骨气还在，现国难当头，理应保持大节!"汝大中沉吟良久，呵呵大笑，"女子之见，我要不做呢?"韵兰儿从容起身，伸手从奁盒中拿出一把雪亮短剑，汝大中愕然之间，韵兰儿刺喉而倒。

十天后，汝大中以做寿设宴为名，把日本宪兵队长山本一郎和警备队长小野腾木请到姜家公馆，席间将二人及卫兵杀死。当天，拉出和平救国军三个师、一个支队计一万七千人，投归国民政府。

《药都志》记载："是日，民国二十九年六月二十九日。"而对韵兰儿却无片言只语。

152

耿七爷

耿七与师妹桃红回到药都城北关,天都快亮了。

走到门前,顿觉院内冷气森森。进得门来,只见师傅张久天正躺在床上。耿七与师妹云游访师五年,归家之时,师傅却身受重伤。

耿七大声质问:"是谁害我师傅?"张久天示意耿七和女儿桃红坐下。方知,师傅是为了刺杀日军队长腾一苟君而伤。耿七听罢,嚯地起身,"我去杀那鬼子!"张久天长叹:"当初城内三老来求我时,我也是立此诀愿的。可这腾一苟君有兵有枪,提防甚严,以你我之力恐难成事。""那又何必杀他?"耿七不解。

"这些日本鬼子到药都以来,烧杀奸淫,不顾黄河水灾,依然聚财霸女,寻欢淫乐;药都人多次上告,三老求我以暴除之。不除这东洋鬼子，我张久天死难瞑目！"说罢，竟圆瞪双眼而去。

张久天安葬后的第二天，耿七就到了药都城内。他在日军驻地转了一整天，见的确难有机会进院下手。太阳落山，他刚出北门，一白须老者跟上，"义士，若有心杀贼，必施瞒天过海之术，以近之"。说罢，匆匆回城。

三月之后，药都城出了一个瞽目叫花子。这个叫花子老在日军住所州署街周围转来转去。这一天，腾一苟君带着两个卫兵从州署街那个院子里走出。突然，腾一苟君一声大叫，一把短剑飞在了他的左肩上。接着，七爷被日军所擒。

第二天，药都山猫洞刑场，腾一苟君要亲自劈了七爷。

七爷被带到地方。腾一苟君突然奸笑，"我佩服你的胆略，为刺本人竟自伤双眼，伺机而动。也按你们支那的规矩，拿好酒来，让他喝个痛快！"说罢，两坛九酝春酒抱了上来。

耿七爷仰天长笑，"日本鬼子，你命不长矣！"骂罢，又是大笑。

正在此时，人群中一红衣姑娘跑向耿七爷，"师兄，我陪您一同上路。"众人一片愕然。"你……"，耿七爷话未说完，桃红已跑到了他的跟前。她从日兵手中夺回酒坛，捧到耿七爷的嘴上，顷刻两坛酒喝净，空坛放在耿七爷的脚前。

腾一苟君被眼前的一切惊呆了，他两手拄刀，站立，注目七爷。

突然，一只空坛，带着刺耳的声音从空中飞来，腾一苟君砰然倒下。立时，人群大乱。

自此，药都再也没人见过耿七爷和桃红姑娘。

黄葱酒

想必你听说过喝酒不吃菜的,但是不一定听说过喝酒只就生葱的。

我的朋友黄六味就是一个喝酒只就生葱的主儿,人送外号"黄葱酒"。

现在,黄葱酒是亳州一家颇有名的酒厂老板,身价早就过了亿。按说,这样的老板离不开推杯换盏的酒局,更何况自己开着酒厂,喝酒是他每天必有的事儿。但他喝酒却从来不吃菜,无论是在酒桌上还是自己独饮,下菜的永远是一根大葱。

奇人必有奇事,没有奇事的人肯定称不上奇人。好吧,现在我来给你说说黄葱酒的传奇故事。不过,这事是真是假,或者半真半假,我都不能保证。不过有一点可以肯定的是,黄葱酒因入狱发家是千真万确的。

黄葱酒是高我三届的校友,初中毕业时以全县前十名的成绩考取县一中。老师和家里人都觉得这样的底子,考上重点大学不是问题。但他却真的出了问题,连续重读了两年都落榜了。本来性格就蔫,落榜的打击让他更不愿意开口说话了,整日闷在家里不肯出门。父母急了,没想到这孩子就这样废了!黄葱酒在家闷了两个月,突然,跟父母说要去南方打工,不混出个人样儿就不回来了!

父母都是没读过书的农民,也不知道如何劝他,又一合计:这孩子读了十几年的书,不憨不傻的,量也不会出多大差失,就任他去吧。这样天天闷在家里看着也碍眼。

那年是1985年,亳州这里出去打工的人极少,许多农村人都没有出过远门。

黄葱酒离家前的这段经历,我是都考证过的,没有一点虚构。接下来,关于他的传奇,都是他自己断断续续说的,我一直不能全信,但也没有考证过,姑且说说吧。

黄葱酒说，他那年去了浙江某市郊一家私人机械厂打工，整日在轰鸣的车间里车轴承，一天要干十二个小时。站着干一天累是肯定的，但最让他受不了的是车床轰鸣了一天，到夜里根本就睡不着。某一天，一个工友告诉他睡前喝点酒就能睡安稳了。黄葱酒买来一瓶便宜的白酒，喝下几口，当晚竟一觉睡到天亮。从此，他每天晚上必须喝酒，而且酒量越来越大，一次能喝半瓶。那时，在宿舍当然没有菜就酒，再说了，下夜班后食堂关门，他买不到也舍不得买菜，就是干喝。忽一日晚上，下班时食堂没有关门，他进去想找点东西下酒，结果只找到几棵葱，喝口酒咬口葱，酒味更冲，只喝二两就有了酒意。于是，他找到少喝酒的门道，那就是就葱喝，既省酒，上头又快，省钱又省时间。

让他自己都没有想到的是，他的人生就从这根葱开始发生了逆转。

那天是周六，老板开恩没有加夜班。黄葱酒来到郊区的一家小饭馆，想叫个菜喝点酒。结果一看菜单还挺贵,就只要了一瓶酒,给老板商量着又要了棵葱。老板娘知道他是打苦工的,挣钱不易,笑着劝了几句,最终还是给他拿了棵葱。

　　他拧开酒瓶,也没用杯子,咬一口葱、对着酒瓶喝一口酒,有滋有味的。

正在这时，一个从包厢里走出来的男人去上卫生间，看到坐在外面的黄葱酒一口葱一口酒的喝，愣了一下，便打着酒嗝说："这北侉，他妈的喝酒就葱！"

黄葱酒这时酒意也上来了，酒壮怂人胆吗，他也就嘟哝了一句："你他妈说啥！"

这个人肯定没有听见，但他回来的时候又瞅了黄葱酒几眼。黄葱酒脖子一拧，没睬他。

谁知这个人生气了。他生气不打紧，关键他是这个城市的监狱刚提拔的队长，今天几个小兄弟正在给他摆酒祝贺呢。他回到酒桌上，不高兴地说："外面这北侉，眼珠怪硬的！"

一个兄弟忙问："大哥，咋了？"

"这小子，喝酒啃生葱！"队长端起酒杯，生气地一口喝下。

一人端着酒杯站起来，笑着说："还有咱哥们儿捏不软的涩柿子！关他一晚，明早放了？"

这个队长，又喝了一杯，一拍桌子："办了！"

众人起身出门，有人掏出铐子，咔嚓一下，就把黄葱酒给铐上了。

第二天,昨天喝多了的队长把这事给忘了,以为人教训一夜给放了,其他人也以为别人给放了,竟都没有再问这事儿。

监狱里突然多了一个人,第二天换班的狱警也不在意,那年头派出所没有监押室,打架斗殴盗窃嫖娼的临时性羁押,一般都关在监狱的监押室。黄葱酒就这样稀里糊涂地住进了监狱。

大约过了半年,有一个年轻的狱警问他:"你,因为啥进来的?"

黄葱酒:"喝酒就生葱。"

狱警:"皮痒了! 好好说!"

"真是喝酒就生葱!"

"不老实啊! 打!"

黄葱酒被狱友一阵打,瘫在了地上。

第二天,监室里老大又问:"兄弟,因为啥进来的?"

"喝酒就生葱。"

"别扯淡! 不说事的都是强奸犯! 上家法!"

就这样，黄葱酒被问一次就被打一次。就像正常人进了精神病院，你越解释显得越可疑。谁都不信。

监狱里也不敢轻易放人。这地方好进难出啊！没准儿案宗在公检法哪个单位放着，反正谁也不敢放人，也没人管这事。那个年轻的狱警预感这事不妙，但也不敢碰，反正倒霉的不是我。慢慢也就没人问这事了。

黄葱酒就这样又安稳地在这里住了下来。两年后，检察院清理沉积悬案，清理到监狱时，发现一个人没有案宗没有移送机关没有移送记录，咋进来的不知道！

提审讯问时，黄葱酒说，喝酒就生葱进来的！再问，还是喝酒就生葱进来的！

反复审问，终于摸清了前因后果，再荒诞这回也信了。

审讯人员不解："你怎么不申诉啊？"黄葱酒说："我说了啊，就是没人信啊！"

检察院、法院、监狱都想捂住这事，千哄万哄，"给你一笔钱，赶紧回家吧，出来打工几年了，父母肯定挂念你啊！"黄葱酒拿了赔钱和检察院的免诉证明，出来了。

第二天,黄葱酒就把监狱告上法庭。

黄葱酒说,很快案子判下来,他拿到了六十万的赔偿。据说,那几个把他关进监狱的人也都处理了。这事是真是假,现在网上也查不到。

且不说这事是真是假,黄葱酒从此发达了,先在南方开过轴承加工厂,后来又把厂子卖了,回到老家盘了个酒厂。

有人也怀疑过黄葱酒说的这段经历是相声,但见他每次喝酒从来不吃菜,只就生葱,便慢慢地都信了。

一个人伪装一天行,伪装一年也行,要装几十年肯定是有破绽的。

反正,到现在为止,黄葱酒从没被看出过破绽。

尾巴爷

尾巴爷,为什么叫尾巴爷?

有这样一个传说,但到目前为止,一直没有谁得到真正的验证:他的尾巴根子,也就是人体学上的尾椎朝上的皮肤表面,有一条由粗渐细的紫色尾巴。龙湾人称这种人是大吉大利的龙人。

是龙总要经大水大浪的,尾巴爷自然也是经风见浪的场面上人物。民国三十四年(1945),尾巴爷被国民党新五军抓过壮丁,后来在淮海战役中反正了,随着英勇的中国人民解放军开到了长江北岸。但不知他是怎么想的,在渡江的前一天夜里,他回到了龙湾。

因了这一点,他总是在龙湾人面前,很忌讳说从军这一段历史。

虽然不说，但这段历史也的确让他自豪过。龙湾最富有的财主王肉头的小姐，却对他一见钟情。据说，仅仅是据说而已，说出来也许有损尾巴爷的光辉形象。说是他从渡江前线回来的第一个月，就与王小姐"暗渡陈仓"了。有一天，他们的好事被王小姐的父亲王肉头发现。王家人设下了圈套——当他刚进王小姐的闺房一个时辰，就听到王肉头的呼喊声。但他硬是跳过王家用铁耙等摆下的阵势，不留踪影地逃了出来，只是尾椎被铁耙的利齿刺伤了，一个多月没露过面。

自此，尾巴爷在龙湾就成了一位有争议的人物。这争议不仅是因为这个有点桃色的事件，更重要的是源于他的一些做派。

这里不妨说出来，让大家评判一下。

事件之一：尾巴爷是一个生活很讲究的人，凡事都讲究个整齐。用美学家的观点来说，也就是凡事追求美的境界，因为整齐就是一种美。他自己独居的院子整整齐齐的，包括秫秸扎的篱笆的格子，都成规规矩矩的菱形；床上的被子比部队检查内务时都方正，他毕竟当过兵吗；锅碗瓢盆更是时时刻刻都净净爽爽地，码在它们必须在的位置；烧火用的木柴，也是长短相同的垛在一起，如几十层的高楼一样，上下倾斜的弧度差微乎其微；就连他喂的鸡（这里需要说明一下的是，尾巴爷特别喜欢喂鸡，鸡的总数从不少于五十只），每天天一亮，母鸡都一个挨一个地排着队从鸡圈里出来，没有一个敢加塞和拥挤的，母鸡下蛋后，不跑到他的篱笆墙外几丈远的地方，是绝对不敢叫的。

事件之二：尾巴爷有一个爱帮助人的脾气，总喜欢帮谁做点什么。概括地说吧，如果有一天他帮不上谁的忙，心里就痒痒得难受，就感觉到自己成了这个世界上没有用的人。铣啦、铲啦、垛墙的叉啦，总是擦得剔明发亮的，专等着谁来借呢。但有一点，如果谁归还的时候这些物件有点泥污，他就会把这人大骂一顿："你屙屎连屁股也不擦吗？"爱帮助人还体现在，每到麦收时，他总喜欢别人把镰刀送过来，请他帮助钉上镰把或磨得风快。有时候从早到晚，一天都不闲着，他倒乐呵呵的。

事件之三：他有一个爱管闲事的毛病。刚分责任田

167

那阵子,尾巴爷虽然已是六十多岁的人了,但总喜欢往田里溜达。因为土地刚到户,有的人不会犁地、有的人不会摇耧、有的人不会扬场……他溜到哪儿总是先骂一句:"看你那屙屎的架子,可是庄稼人做的!"接着,就夺下犁把、耧把、木锨做起示范来,累得满头大汗后,见愣在一边的年轻人笑了,他就放下手中的东西笑着向前继续溜达,走了几步后总是又回过头来说一句:"庄稼活儿不用学,人家咋着你咋着。"

事件之四:尾巴爷凡事特认真,对自己的儿子更是从不讲情面。他有两个儿子,但他不愿与他们一起住,自己独住在龙湾河滩上,一圈的垂柳罩着两间整整齐齐的草房,秋天的时候,用细柳条编的盘子、篮子等各种农家用的物件就白白地挂在两间屋檐下,让来来往往的娘们儿心馋。每月两个儿子都要给他送面、送钱、送黄豆。他规定,大儿每月十斤麦面、二斤黄豆、一百元钱,二儿却比大儿多一倍,每月初五前必须送到。不仅如此,送来的黄豆他要戴上眼镜一粒粒的拣,有一个虫眼的都得退回。一次,二儿媳送来的黄豆有八颗有虫眼的。他不高兴了,二儿媳更不高兴了:"你能咋了谁,俺为啥比老大多一倍?"尾巴爷拎起门前的干柴撵了半里多路,一边撵一边骂:"你知道从龙湾到颍州有多少个公里牌吗?老二今天能吃公家粮是我背着馍走三百六十六里送的结果!"最后,二儿和二儿媳跪着给他赔不是,才算了结。

尾巴爷常说的一句话是,做人一要讲仁义,二要讲孝道,三要讲情面。但他最终还是老在了讲情面上。

三年前的一天,他当年的一个战友来到了他的家中。虽然他自己知道这一段时间犯头老发晕的毛病,但为了情面还是与老战友痛饮了起来。一斤老酒很快被他们两个人喝了半瓶,两个十多年没有见面的老伙计,分别坐在桌子两边的太师椅上,喝着酒叙着旧。喝着喝着,尾巴爷突然把酒杯往桌子上一顿,仰在了椅子上。他竟这样一脸微笑地走了。

来续茶的二儿媳妇,惊叫着跑出屋门时。坐在西边椅子上的老友,却异样冷静地起身,来到尾巴爷的面前,弯腰作了一个长揖,端起那杯喝了一半的酒,洒在地上。

接着,朗声喊道:"尾巴爷安泰!"

苏雪涛

苏雪涛在当时的药都,几乎人人皆知。按说,在上千名妓女中有如此名声,该是一奇。

斯时,药都百业兴盛,妓院甚多,六十多家妓院,分布于西河滩瓷器街、天棚街、涂家胡同、王家坟一带。妓女分为扬州帮、江淮帮、青淮帮、土帮。一等妓女住在瓷器街,多称某某书寓;二等妓女住在天棚街,门前多挂红灯笼或玻璃灯;三等妓女都在涂家胡同、王家坟,多是供小贩苦力玩乐的下等女人;也有家居此处的暗娼,门牌标为红色。

雪涛之所以在药都有此盛名,一是她色艺双全,更重要的是她的身世。她原是南门苏家的独女,苏家原本富户,只因她爹先咬蟋蟀,后抽大烟逛妓院,只弄得家败人亡，十四岁的雪涛被锦云书寓的老板杨二娘所获。杨二娘让雪涛接客，雪涛宁死不从，杨二娘就把一公猫装在她的裆中，两腿和腰用带一扎，猫在裤中抓咬，雪涛惨叫不止。几次下来，雪涛看出不从只有一死，想死更难，只好屈从。

屈从后的雪涛因生性聪慧，很快便能歌擅舞，尤以唱京剧闻名。虽身价特高，但十多年来，一直成为药都官宦商贾斥金排队的名人。一般人等，不要说见她的芳姿了，能听说关于她的只言片语也夜夜做梦。自古有钱不如权、权不如枪之说，药都守卫团的团长张拱臣，靠着手中的枪杆子，便将雪涛霸占了起来。

1938年5月，日军率兵进犯药都。药都城河宽深，三天三夜都没攻下。中间停了一天，第五天，攻开了城门。原来，城内守军张拱臣已接日军的金条，让手下人趁夜黑，暗自开门。日军进城后，遵照与张拱臣的约定，只在城内大抢大掠，抢了上百家大户商号，烧了上千间民房。而张拱臣部趁火打劫，抢了西河滩六十条街巷的商号大铺，日军和张拱臣分别在城内城外抢掠烧杀了十八个昼夜。糖坊街被烧得满街流糖,纸坊街被烧得纸灰飘扬……瓷器街却因雪涛在此,毫毛没动。

除夕这天中午。张拱臣来到雪涛所在的锦云书寓,要雪涛与他一起离开药都。

雪涛这一天显得格外地慵倦,似柔弱无骨,却妩媚至极。她从床上起身,坐在火炉前的花凳上,接过张拱臣递来的老刀牌纸烟,盯着张拱臣一言不发。张拱臣赶紧从身上摸出洋火,要给雪涛点烟。雪涛一抬手打飞了出去。

"你……"

张拱臣话刚吐出一字,雪涛便用右手的食指与拇指从火炉中捏起一块通红的炭火,烟在皮肉的吱吱声中点着了。

张拱臣望着雪涛手上皮肉的青烟和指间的火炭,惊惶道:"你……"

话又是刚出一字,雪涛抢过话来:"你,你敢吗! 你若敢,我就随你去!"

张拱臣愣了半晌,方才醒悟。他长出一口气,掏出一支烟,食指和拇指向火炉中一伸,一块通红的炭火被捏了出来。

望着张拱臣手中的炭火,雪涛仰天长笑,"果是个男人!我以酒相敬。酒后我为你唱一段!"说毕,起身给张拱臣倒上一杯九酝春酒。

张拱臣,得意地接过酒喝将起来,一口酒下肚,突然栽倒在地,"你,你个……"

雪涛怒目大笑,"我,我为你唱一段!"说罢,高音骤然传出楼外:"见贼子不由我怒容满面,在堂上骂一声无耻儿男!你这是自作自受遭孽怨,罪如深海恶如山……"

杨二娘及众人跑上楼时,雪涛也已倒在了地上。

黑　头

　　黑头与我邻村，他村的名字叫"篷的槐"，到现在我都弄不明白这名字的来由。他比我大两岁，我俩是一同入的学。那年，我刚满五岁，捧着母亲给我的三个鸡蛋到设在他村里的学屋报了名。

　　那是 1972 年，上面要求村村办小学，我在的杨庄和挖勺子王庄与篷的槐，三个村才凑了二十多个孩子。学屋设在一间破仓库里，四排泥台子，屋子两个屋山上都挂着黑板。八九个稍大的孩子面朝东山墙那块黑板，他们是二年级；我和黑头新入学的面朝西山墙那块黑板，我们是一年级。

　　学校只有一个老师，就是篷的槐的李绍英，他既教语文又教算术。有时，还领着我们唱歌和跳绳。可能，那就算音乐和体育课了。

那时候,黑头还不叫黑头而叫傻头。傻头一点都不傻,当时农村有个习惯,小孩子名字前带"傻"的反而是精或娇的。傻头弟兄三个,他最小,在家里当然是最娇的。我见过几次,他在教室里拿着他爹给他买的麻花,吃得满嘴咯咯响。我和班里的其他孩子围着他看,每次都淌老长的口水。

傻头,咋变成黑头了呢?这就要从1977年春天,我们邻村的赵红脸打戏班说起。所谓"打戏班"也就是开戏班,之所以说"打",是因为学戏难,不打孩子很难学会。

那年,我们正在念五年级,学校已经合并到王井小学了。王井小学有五个班级,从一年级到五年级,教师也有八个人了。

不知什么原因,这年春天赵红脸突然打戏班了。

赵红脸年轻时在商丘豫剧团唱戏,人送外号"赵红脸"。那年春天,听说他打戏班了,周围村里不少孩子背着口粮去了他们村。"要得欢,进戏班",戏班子吹拉弹唱穿绿戴红舞枪弄棒,学成了走百村吃千家,确实是我们那些孩子向往的地方。

赵红脸到学校招生时,我当即就报了名。回家后,却被母亲骂了一顿。她说"一辈戏子八辈低,死了都不能进祖坟地",说什么也不让我去。后来,我曾问过母亲,当时为什么就非骂着不让我学戏呢?母亲说了实话:咱哪交得起口粮和钱啊!

傻头因家里富裕些,又被他爹惯着,就进了戏班,学唱黑头戏,从此便有了黑头的外号。我们班那次一共有四人进了戏班,两男两女,傻头唱了黑头、秋分学了敲锣、翠兰唱了花旦、马英唱了闺门旦。翠兰后来跟傻头结婚了,这是后话。

第三年的正月初六,新戏班子就亮了相。戏台就设在我们上小学的王井庙台前。当时,这里既是大队小学,也是大队部所在地。听说我们班几个同学都要上台亮相,虽然那时我已在位岗中学读初三,正准备参加中专考试,但还是去听了戏。

那时候,我对豫剧不懂,不知道四生四旦四花脸、四兵四将四丫环这些生旦净末丑,更不要说声腔板式了,但却看得热闹和心动。

那天晚上,唱的是《铡美案》。傻头饰黑脸包公,翠兰扮的是秦香莲。

直到现在,我还能记住翠兰那天的唱段:

爹娘死后难埋殡,携带儿女将你寻;夫妻恩情你全不念,亲生儿女你不亲;手拍胸膛想一想,难道说,难道说你是铁打的心……

后来,我考取了外地学校,读了四年书后,又分配到离家几十里的地方工作。而傻头随着赵家戏班,在河南、安徽、山东三省村村镇镇演出,从此我们再也没有见过面。接下来,近三十年里,关于他的消息都是回乡时偶尔听到的:他与翠兰结了婚,他们生了一个女儿,都成了红角,再后来翠兰跟他离婚后带着女儿嫁到郑州了;农村也不听戏了,戏班散了,他跟着一个响器班子在红白事上唱堂会,因喝酒太多哑了嗓子不能唱了,改为在响器班子里打梆子……

　　总之,关于他的消息都证明,他混得越来越差了,成了一人吃饱全家不饿的光棍汉了。有时,想到他的时候我总是在想,任何人都逃脱不了时代的变化影响,他的命运很大程度上与传统戏剧的命运是一致的。当初,如果他不进戏班,人生就会像其他小学同学一样,按部就班地种地、打工、结婚、生子……最起码可以平平静静地过一生。这样就一定好吗?真是说不清的。他进了戏班,几十年走南闯北,酸甜苦辣的戏剧人生,难道不是最好的经历吗?这样想时,我对他也就释然了,关注也越来越少了。

三年前的中秋,我回乡的时候,突然见到了他。这是我们别后三十四年的相见。正在路上与我聊的堂哥说:"你还认识前面这个人吗?他是傻头。人真快喝傻了。"

我猛一看,确实不敢相认,细瞅瞅,小时候的眉眼模样没变。但他衰老的样子,还是让我有些吃惊。

傻头骑着一个脚镫子的三轮车,到我们面前时,停了下来。他以十分意外的眼神瞅着我。

"傻头,你认识他吗?"堂哥说。

傻头停了几秒钟,笑了笑:"他不认识我,我也认识他的。这不是泥鳅吗!"

我连忙掏出烟,递给他。笑着说:"三十多年了,真没碰到过面。"

他点上烟,吸了两口,笑着说:"你走的阳关道,俺过的是独木桥。咱不在一个道上,咋碰着面呢!"这话,好像也是哪部戏里的词,我笑了笑。

这时,我闻到他身上的酒气,看到车子上放着一箱古井玉液和一捆啤酒。看来，他真是离不开酒了。

他蹬着三轮车走远了。堂哥说，他享国家的福了，成了低保户，各种补助够他喝酒的。镇里也拿他没办法，钱喝完他就去镇里要，不给他就拿出老本行，唱戏词给领导闹。

我有些不解地问："唱戏词闹？"

"可不是。当官不为民做主，不如回家卖红薯。镇长还没有七品呢，当然不经闹腾了！"堂哥用调侃和不屑的口吻说。

从那次以后，我再没有见到过他。最后一次听到他的消息是在半年前：他有天早上喝过酒，再也没有醒来。

村里人说是酒害了他。我却不以为然，人要是理性，酒怎么能害人呢。

酒厂档案录

二十世纪九十年代,我调入安徽某知名酒厂做文字工作。1994年,厂长要我负责编撰该厂的名酒史话,我也得以随意查看档案。在查阅档案时,看到不少职工干部受处理的原始材料。这些材料写入厂史肯定不行,但当时觉得颇有意思,便抄录了一些。现公开出来,如能博得读到这些的人一笑之后有所沉思,我便心满意足了。另,因是真事,恕我以假名代之,以免节外生枝。

贪污犯赵某

酒厂原是起于明正德年间老作坊,1958年全国大办酒厂,安徽省轻工厅在此基础上办了省营厂。赵某祖上一直是老作坊的掐酒工,他子承父业也成了掐酒工。掐酒工就是在酒蒸馏出来时,靠嘴品评确定度数和等级,然后分级分度摘酒的人,这个角色可是酒厂里颇为重要的权威。也正是如此,赵某就有些骄傲,走路时喜欢昂首挺胸。

1967年春天,在一次批斗会上,突然有人检举他是贪污犯。理由听起来很充分,每天要品尝几十遍酒,十次咽下去一两酒,一天也要喝三四两酒,一年呢、十年呢? 开始赵某死不认罪,说那是工作需要。后来,经不起连续批斗,终于承认每天喝的有三两酒。这样折算下来,九年共贪污酒九百七十二斤。考虑到工作原因,最后被判刑三年。

1980年政策变了,赵某被平反后,自己办了个小酒厂。通过几十年的发展,现在已经是年销售几个亿的酒业公司的老板了。

流氓未遂罪犯吴某

吴某好喝酒,酒量却不大。五十度的白酒也就是喝四两就醉了。这样的酒量在酒厂里算是很小的。

不知是哪年兴的规矩，每年"五一"劳动节的晚餐，厂里都会分车间聚一次餐，放开喝顿酒。这一天，是以车间为单位到食堂打菜，车间里有正淌出来的热酒，是随便喝的。虽然口头规定是不能喝醉的，但这一天大家都是放开喝的。厂里规定在车间不能偷喝酒，所以工人都想借这一天过下酒瘾。

1968年5月1日那晚，天气也热。吴某一会儿就喝醉了，说醉也不算太醉，还能自己去找厕所。问题就出在这里，他竟走进了女厕所。当时，女厕所里没人，他就在那里撒了一泡长尿。

到了10月份，被人检举，说是酒后进女厕所耍流氓。开始时，他死活不承认，后来举报人丁某当场指正，他才承认去过女厕所，但他不承认耍流氓。丁某说："如果厕所里有人呢？你敢保证不酒后乱性！那时候，你不就犯了强奸罪！"

最终，吴某被定为流氓未遂罪，被酒厂开除了。

反革命污辱食品罪犯宫某

宫某祖上在城里开了家酒楼,这家"一壶春酒楼"名声很响,生意兴隆,在乡下还有两百多亩土地。自然他家成分被定了工商业兼地主。宫某小时候虽然常出入自家酒楼,却没有染上喝酒的习惯。他因成分高,没有考上大学,不知道走了什么路子,二十岁时进厂当了一名出池工。

1967年底有人检举宫某偷酒洗擦屁股。那时,酒厂生产的酒已是全国名酒,全部由国家调配,老百姓是喝不上的。用国家调配的酒擦屁股,这还了得!

经过调查,原来是他身上有了皮肤病,奇痒无比。他确实用吃饭的瓷缸在车间里弄了点酒,在宿舍擦抹过屁股上的癣。加上他家工商业兼地主的成分,又被认为对新社会不满,最后以"反革命污辱食品罪"被判刑五年。

而且据档案记载,县里还在厂里开了公开宣判大会。

利用公物非法肉体罪犯楚某

楚某是高中生,二十世纪六十年代高考停了,高中生算知识分子了。他被招工进厂后,安排在了厂化验室,负责酒体化验。

包装车间女工马某看上了他,他们很快进入热恋,半年后就订了婚。1968年9月的一天晚上,楚某在化验室做好化验后心情很好,就喝了几口酒。这天,马某下班早,见化验室的灯还亮着,就走进来了。楚某喝了点酒,有些兴奋,没把持住自己,就与马某在化验室里搂抱着接吻。这时,同一化验室的同事周某回来拿东西,发现了他们搂在一起,就立即举报到保卫科。

厂里连夜召集化验室人员和马某所在的包装车间女工,开批斗会。保卫科长带头呼喊,让他必须交待流氓罪行。在事实面前,楚某只得承认。这时,有一个四十多岁的包装女工非逼问马某和楚某发生过关系没有。到了快天亮的时候,楚某说:"我们订了婚,10月1日就去领证结婚了,我们犯什么法?"

这时,保卫科长说:"没有领证就是非法肉体关系罪!"

最终,楚某被定为"利用公物非法肉体罪"。第二天,厂里研究决定,作出把楚某调到生产车间做出池工,工资降一级的处分。

老 铁

亳州产美酒历史悠久,最早记入史册要追溯到公元196年。那一年,曹操将家乡产的九酝春酒及酿造方法"九酝酒法",进献给汉献帝刘协,并记入《三国志》里。后来,《齐民要术》再次辑录,才得以传承至今。

酒史长,酒风自然迷人。三年前,我编写《亳州酿酒史考》一书,在民间采访时,收集到了几十位喝酒奇人的传说。酒神老铁,便是其一。

老铁生于民国初年,一穷人家子弟。七岁时,随父母逃荒到河南登封,其父死后,母亲就把他舍到了少林寺。寺院是慈悲之地,他便活了下来,成为一名小和尚。大约在他二十岁那年,因为下山偷饮了酒,被逐出少林寺。也有人说,他在少林寺里练就了一身武功,是主动逃出来的。这些都不可再考,姑切当作传说吧。

但是有一点是肯定的:老铁好酒,酒量特大,号称"铁三斤"。更令人称奇的是,他能用鼻子喝酒,曾多次在一些庙会上表演过。我想,这些肯定是后人添油加醋,为了让他的故事更传奇而已。

给我讲述老铁故事的张老,现在九十二岁,也是好酒。现在身板硬朗,声高气圆,如今每天仍一天三顿酒,每顿一两五钱,少了就浑身不舒服。张老说,他年轻时见过老铁,而且与老铁同在咸家酒坊烧过酒,算是工友。那时,日本人已经打进了亳州城,他被家人送到咸家酒坊当学徒,因为只有十二岁,只能做些烧火、扫晾堂的小事,混口饭吃。当时,老铁是酒锅上的师傅,只管掐酒,约摸有五十岁的样子。张老说,他进酒坊的第二年春天,日本兵突然冲进酒坊,抢了酒、杀了人,咸家酒坊就关了门。从此,他与老铁和工友各奔东西,便没有了联系。

据张老说,老铁不姓铁,叫赵升。至于为什么叫老铁,还得从他喝酒说起。传说,赵升离开酒坊后,靠给富人家打短工糊口。由于每天离不开酒,打工的钱肯定不够，而且富人家并不是每日结工钱，他想天天喝上酒是做不到的。后来，他到了亳州城里，在二码头卸船扛包。当时，日本兵已占领亳州城。亳州自古是东南西北四方交互的商业重镇，山陕货物经黄河、汴水、涡河、淮河入长江，码头上船帆林立，来往商船不断。只要有力气，靠卸货装船挣口酒钱，不成问题。

赵升刚到码头时，不仅能挣到酒钱，还可以买点花生米、酱黄牛蹄之类的下酒菜。随着彭雪枫的游击队进入亳北地区，游击队和日伪兵隔三差五就有一场战斗，往来的商船越来越少了。赵升能挣到一口酒钱就不错了，菜是肯定没钱买了。喝酒不就点菜，赵升很不适应。但是菜从何来呢？

不知从哪天起，赵升的下酒菜，变了一根三寸长的铁钉！每次喝酒时，他便从怀里掏出铁钉，吮嘬一下，然后呡口酒，有滋有味的。

铁钉能当下酒菜？见我不信，张老笑着说："这个你不知道吧？那味道咸咸的、凉凉的，还有点猪血的腥味，挺美的！不信，你试试。"后来，果真试了，确实有一种特别的味道。那天，我用铁钉蘸了一点酱油和菜汤，味道就更鲜了。

这就是赵升变成"老铁"的由来。

如果只是以铁钉下酒，老铁的名号就传不到今天了。张老那天还说，老铁一身武艺，有百步穿杨的飞镖神功，那铁钉就是他的飞镖。日本兵在亳期间，他曾用飞钉刺杀过两个日本兵、十几个汉奸和伪军。后来，市面上再没有见过他，只留下了"酒神老铁"的名号。

最近，我查阅《亳州抗战史话》一书，真的找到了关于日军及汉奸被铁钉刺杀的记载。可惜，书上没有说是谁人所为，只记录着：有一民间义士，飞镖杀敌。

我想，张老口中的"老铁"，一定是真的了。

特记之，以表敬仰。

张大茶壶

清末民初，药都商业兴隆，娼妓渐多，有名有号，缴着花捐税的就有六十七家。娼妓也分三六九等，一等妓女在瓷器街，二等妓女在天棚街，三等妓女在涂家胡同、爬子巷，四等妓女在王家坟，暗门子、野鸡、土娼几乎西河滩那条街上哪个胡同里都有。

在瓷器街的一等妓女的住处不叫妓院，多叫"某某小班"，这些小班的妓女多是小时候被从扬州、苏州、杭州、江淮一带买来的，自然就分成扬州帮、苏州帮、青淮帮、杭州帮。这些个小班各有特色，扬州帮多以演奏笙管丝弦乐器为能，苏州帮多唱评弹民乐，青淮帮多擅水墨丹青、略谙诗词，杭州帮以琴棋书画见长。

瓷器街上，一等小班的院落多为方方正正的四合院,院门口挂着红灯笼或六棱玻璃灯,灯上有红漆书写的本班字号。左门框上挂一长方形铜牌,用黑漆在上端横着写有"一等"二字。上门坎上还挂有红绸,长长地垂在两边。而这条街上,最为有名的要数"清吟小班"。清吟小班是一座左右带跨院的三进四合院,老板叫杨二娘。清吟小班不仅院落大,妓女多,而且全是从扬州买的幼女,从小便教其笙管丝弦唱吟诗画,到了十四五岁,一个个都出落得水灵灵得如仙女一般。来这里的男人,多为军警、官僚、豪绅、巨商、公子、阔人。

这些人到了清吟小班,也只能先"打茶围",由青官(幼妓)用盘子端出香烟、瓜子、时令水果,由妓女陪着弹唱歌舞或谈情说爱,临走时多多地留下"盘子钱",来个三趟五趟后有时也沾不上这些女人的身体,更不要说一来就想"住局"(宿妓院)或"出条子"(让妓女出去陪宿)了。

清吟小班妓女的居室多为三间或五间,两明一暗或三明两暗,只有尚未接过客的紫莲和翠红分别独居两个跨院。小班内都有几个老妈子贴身伺候着妓女,另有站院的伙计，专管从外门迎来送出，提茶扫地。这些站院的伙计又被人们称为"大茶壶"，全是手脚麻利，干净利落，心灵嘴巧，眉眼全笑的人。

张友三就是清吟小班最被老板杨二娘看中的伙计，也最讨嫖客们的喜欢，人称"张大茶壶"。张大茶壶好酒，整天一身酒气，却从不误事。他对清吟小班的女子都像自家孩子一般怜惜，一些不守规矩的客人见他都怵三分。这些女子便也从心里知他的好，时不时给他送些酒来。

清吟小班的妓女们走了一茬又一茬，站院的伙计也换了一个又一个，唯独张大茶壶却一直待了下来，这一待就是二十五年。张大茶壶都四十多了，也没有娶女人，一是正经人家的闺女看不上他，再说了，长得丑的女人他也看不上。他在的地方就是美女窝，时间一长，对女人的要求也就高了。更何况，有些个妓女也喜欢他的为人，客人少时也能陪他解解闷。老板杨二娘，过些时候也特意安排妓女陪张大茶壶过夜。

张大茶壶做起事来就特别卖力，对妓女们也是尽心地伺候。尤其对紫莲和翠红,更是从心里疼爱。这俩姑娘来时也只有八九岁,经杨二娘这五六年的调教,已出落成人见人爱的仙子了。她俩不仅笙箫胡琴吹弹得好,还能唱江南小调和药都清音,而且一个个都成了柔若飘柳、媚如狐仙、举手投足撩人心颤的美人。她们不单单对客人,对所有人都是含情脉脉,当然对张大茶壶这样的老人更是别有深意。

杨二娘知道紫莲和翠红就是她的两棵摇钱树,虽然有不少达官富人都想为她俩破身,但杨二娘总是以种种理由婉拒。好花要等更大的主啊!但她万万没有想到,这年秋天,日本人打进了药都。日本人打下药都后,大部队就走了,只留下不足百人。到了冬天,大队日本人走后,留下来的日本人也规矩起来,并不随便找药都女人。他们带来了军妓,在大隅首开了三家"御料理",专供日军享受,日本兵就从没有人到过妓院。

可好景不长,清吟小班终于出事了。而且,出事就出在紫莲和翠红这俩未接过客的姑娘身上。日本兵队长山本一郎,不知从哪里知道清吟小班里有俩未破身的仙女——紫莲和翠红。

这一天正午,他带着两个日本兵和翻译官曹大牙来到了清吟小班。他什么话也不说,就朝东跨院紫莲那里闯去,杨二娘正想用身子拦,被山本一脚踢倒在地。山本进了跨院就把门关了起来,不一会儿听见紫莲杀猪般的尖叫不止。杨二娘突然醒过神来,摆着两只肥胳膊向西跨院跑去,可院门已被一个端枪的日本兵把住了。不久,山本提着战刀向这边走来。他向杨二娘笑了一笑,就又进了院门。山本军装整齐出来的时候,对门外的日本兵说:"花姑娘的,老美,带走!"两个日本兵跑进屋里,把披头散发的翠红拉走了。

张大茶壶从街上买瓜子回来的时候,清吟小班内哭声一片,原来紫莲被山本从下部一刀挑开。三天后,翠红被送了回来,此时的翠红裸着下身,两眼迷离,一忽而笑一忽而哭。清吟小班经这一变故,就没有客人上门了。一个月后,妓女和院子被杨二娘转给其他妓院。清吟小班散了,杨二娘不知了踪影。张大茶壶也成了闲人,在四眼井街租了个小院,住了下来。

这年年底，大隅首"御料理"的日本军妓，三天内少了四人。第四天一早，人们便见东西南北四个城门前，分别有一个被奸过的光身子日本女人，且每人都被从下部挑开。有人认为这一定是张大茶壶做的活儿，说他会制一种叫"艳魂归"的奇药。这药是用淫羊藿等十七种中药配成的粉，女人闻到就会被勾去魂，听男人摆布。山本一郎也认为一定是张大茶壶所为，不一会儿就把四眼井街张大茶壶的住处围了起来，可张大茶壶已没了踪迹。

后来，有人说在城西北四十里的公兴糟坊，见到过他。此时，他已是酿酒的大师傅了。

酒县长

酒县长是我的同学，大名卞化之。据他说，是曹操夫人卞氏的娘家人。虽无家谱为证，别人也难推翻他的说法。于是，他便成了名门之后。

卞化之高中毕业没有考取大学，二十世纪八十年代中期，通过招聘成为大寺乡财政所一名会计。卞化之是个一米八多的大高个儿，人高三分憨，自带的一脸朴实相。在乡政府大院里走来走去的，如头长颈鹿，很是引人注目。

当时，大寺乡的书记叫李炳成，军人转业，对卞化之有些喜爱之意。某一日，一位酒量极大的杜副县长来乡里检查工作，吃饭前，李书记突然想起了卞化之。他对办公室主任说："上午杜县长来，喝酒你喊财政所那个大个来陪!"

那时候,政府没有限酒令,上级来检查工作,中午也是要喝酒的。那时喝酒没有啥顾忌,每次都喝得人仰马翻。有时,就直接喝到晚上,两场连成了一场。这样的酒局,没有几个酒量大的人,肯定应付不了。尤其是县里领导下来,不陪着喝好,总觉得理亏八分一样。

那天,卞化之上了酒桌后,杜县长先是一愣,接着,对李炳成说:"炳成,你这是找个新酒桶来陪我呀!"

李炳成赔着笑说:"哪里,哪里。这是新招来的,是骡子是马还没遛过!"

卞化之立即站起来,红着脸说:"县长,我,我以前真没有喝过多少酒。"

杜县长来了兴致,一挥手说:"开始! 初生牛犊不怕虎,今儿个练练!"

常言道,人不可貌相。卞化之虽然个头儿大,酒量真是不行,三两酒后,头就开始晕晕的了。但是他知道自己是被书记点将过来的,仗着个头大,让喝就喝,不敢推脱。心里想,大不了喝倒,还落个人实在。虽然他有向醉而喝的勇气，但喝到七两的时候，感觉胃里的酒向上翻滚，连忙用手捂嘴。捂嘴时，身子往后一用力，椅子滑动，他竟一屁股坐在了地上。酒桌上的人，先是一惊，随着卞化之艰难地起来，又都大笑不止。

没想到，这么大的块头，被这点酒给搁倒了。不过，杜县长那天很高兴，他散场时对李炳成说："这块头，这实诚劲儿，孺子可教也！"

半年后，卞化之从财政所调到了乡办公室，负责接待，有时也跟随张炳成外出。卞化之的酒量慢慢地练了出来，两年后竟能一次喝一瓶白酒。于是，他的名声因着他的块头和酒量被传得邪乎，说他能喝两斤不倒，没碰到过敌手。有了这名声，上桌不喝酒肯定是不行的，每次便都喝得硬撑着回家。常常到家后，就开始大吐，吐出的东西落在地上一片黑黄，那是把胆汁都吐了出来。

领导也没有让他白喝，好事儿一个接一个向他涌来：先是转成了干部身份，入党，提拔成副乡长、乡长。他当乡长这年，已经喝了十年酒，十年不易啊，但是三十三岁能当上乡长算是提拔得快的了。人们背后议论他是"酒乡长",是靠酒量大、喝酒实诚,深得领导喜欢才被提拔的。议论的人眼红也没有办法,自己没有那酒量啊。

他当乡长的第二年,被县里新来的胡县长看中了,调到县政府办公室当主任,这算是重用了。这样的喝酒人才,又有这么好的酒品,县里更需要的。到了县里,喝酒的任务更重,但他没叫过一声苦,心里和肚里的难受只有自己知道。他在背地里试过许多解酒的秘方,什么葛根汤、解酒灵、葡萄糖、蜂蜜水等交叉使用,效果仍然不好。后来,他练就了即时吐的绝招,喝多后借着上卫生间,可以立即吐出来,清口漱口,然后再回去接着喝。

人一旦有了名声,被众人架上去了,想下来都是不可能的。每次喝酒,他必须得喝差不多,即使不多也得装出醉意来。这样可以让酒桌上的领导有成功感:这小子都喝多了,自己却没有事儿!

卞化之就是在这一年年的酒场征战中,一步步被提升。先财政局长,又副县长,两年多就是一个台阶,终于,在他四十五岁那年当选为县长。

其实,卞化之不仅能喝酒,他的工作能力和态度也是很好的。只是,他喝酒名声太大,以至于掩盖了他的工作努力和业绩,人们就认为他这个县长是喝出来的。官场深如海,波浪时时在,哪个背后不被说,哪个背后不说人呢。于是,卞化之背上了"酒桶县长"的名声。

卞化之当选县长半年后,突然开始不喝酒了。开始,人们以为他对"酒桶县长"这个外号忌讳,想树立新形象,上上下下便对他有些看法:官大了脸可以阔,但酒不能不喝啊,再说了,当了婊子就别想立牌坊。

其实,卞化之不喝酒是身体出了问题,他此时已患上了慢性肝炎。领导的健康也是秘密,他不好对外边人讲的,怕人说他为了当官命都喝没了。

为了给自己不喝酒找理由,他借着省里整顿工作作风的文件,也在县里出台了工作日中午不能饮酒的规定。文件一出,全县干部议论纷纷:你不喝,也不能断了大家的酒啊!

渐渐地,卞化之的口碑一天比一天差。各种说法都有:有说他假正经的,有说他想洗白喝酒挣县长的,有说他官当大了想远离以前的朋友圈,有说他肝子喝坏了。总之,人们从心里远离了他。

也是巧了,在他任县长的第二年,县里一个小型化工厂起火烧死了五个人。死了五个,这算重大事故,不久他被撤了县长,调到市里当了宗教局局长。

消息一出,议论便四处飞扬开来。看吗,不喝酒充起大来,得罪上级了吧;安全事故是借口,这种前恭后倨的小人不可重用的……

没了酒场,人也安静下来,几乎没有人再谈论他。卞化之自此便消沉下来。这样大概过了半年,他就住进了医院。又是一个半年,他竟去世了。

据说,他临终前的最后一句话是:人这一辈子,成于啥,毁于啥!

回春堂

对于好酒的人来说,来古城亳州,不到回春堂酒馆坐坐,真是遗憾。

回春堂的老板叫燕姐。燕姐烫着一个大波浪头,腿长胸丰,瓜子脸,腰细臀圆,细柳眉。冬天,石榴红毛衣配深蓝色牛仔裤;夏季,黄腊梅色短衫搭孔雀绿长裙;春秋天,则是艳色长袖配紧身黑色七分裤。从后面和侧影看,年龄绝对在三十岁以下;正面看,也不会超过四十。其实,她在里仁街角开这家小酒馆已经二十多年了,这么说来,她的年龄就是个谜,正如她的来历一样,没有人说得清。

来这里的酒客多是熟人,年轻人叫她燕姐,六七十岁的老酒鬼也这么叫。她总是笑脸相迎,对谁都不偏不冷,给你热乎乎的感觉,让你如到家里一样。

小酒馆开在里仁街头。

里仁街在明清时期是专卖细药材的一条街,药店商号一家挨着一家,天南海北的药商来来往往五音交杂。小酒馆原是山西药商"回春堂"旧址,不知易了多少家主人,二十世纪九十年代末被燕姐盘了下来。

这处房子约有一百平米左右,青砖黑瓦,花窗红门,里里外外都有一层岁月的包浆。冲门一个三尺长的老枣木柜台,柜台后是面六尺高格子酒柜,酒柜里放着一个个玻璃酒杯。进得屋里,可见十张三尺多高的小方桌,四周摆着方凳或条凳,清清爽爽。

这里没有热灶,只卖酒和小菜。酒是咸公槽坊的陈酿,系九酝酒法酿制的六十度红粱液;小菜四样,酱花生米、酱黄瓜、五香萝卜干、臭味白豆腐卤。这些菜一年四季不变,都来自白布大街已有三百多年历史的"紫阳酱菜坊"。燕姐小酒馆没有帮手,只她一人执掌。

她卖酒有自己的规矩:一次一杯二两酒,四样小菜任选两样,酱花生米二十粒一份、酱黄瓜一份如火柴大小、五香萝卜干三条、豆腐卤半块。酒馆开业的时候，五块钱一份，现如今涨到了十块钱一份。选好配菜，交上钱，你便可找桌子坐下。一两分钟的样子，燕姐便笑盈盈地把一玻璃杯酒、两碟小菜，端到了你的面前。

一杯一世界，人好酒自香。来这里喝酒的，有街坊邻居、有慕名而来的外地人，有老有少，有男有女，有退休怡养的公职人员，有做生意的商人，有隐于市的闲人雅士，也有失意的酒鬼，走街串巷的小商小贩，拾破烂的老人。开的是店，卖的是酒，进得门来都是客。燕姐待谁都一样的温和。在这里，可以独酌，亦可三两人对饮，抽烟划拳，哼曲吟唱，可以谈女人，可以聊社保，也可以说东家长西家短，张家不生儿李家婆媳不和，都是可以的。

单有两条，是燕姐不容的，那就是喝醉了不能耍酒疯打打杀杀，更不能在这里密谈作奸犯科的事儿。

燕姐常说，爱喝酒都是有故事的人。人生一世，经风雨吃热凉，谁心里没有一肚子苦水呢。酒是个好东西，看着是水喝下去是火，能热乎心肠，能排忧解闷，一场酒醉一生梦死,一场酒醒世界仍是新世界,活着又有了精气神。小酒馆就是芸芸众生的逍遥地,也是人生的回春堂。

店门朝外开,八方客自来。这些年,燕姐可以说在这里见识了各种酒客。

一个叫老齐的,五十来岁就开始在这里喝,只要店开门,每天中午必来,来了就坐在东北角那张桌子前,每次两杯酒喝三个小时,一声不响。连续喝到第十个年头上,燕姐也好奇了,问他为何天天一个人在这喝?老齐没作声,眼泪竟流了出来,猛喝一口酒,站起身,对燕姐拱了拱手,笑着离开了。从此,老齐竟没有再来过。

老查也是个特别的人,每次过来,一杯酒下肚,便红着脸,五马长枪地说他如何一百元起家做中药材生意,后来成为千万富翁,又被人骗得血本无归的故事。每次都要对吃过的东西说道一番,什么天津的狗不理、西安的羊肉泡、广州的活猴脑、云南的佤族宴、人民大会堂的国宴,反正没人给他计较,任其自说自话,自娱自乐。有一次,他喝了三杯酒,谈兴最浓,说得整个酒馆的人都支着耳朵听他说。第二天,他却没有来,有人说当天晚上他睡下就再也没有起来。

前年初雪的那天晚上,燕姐正准备关门时,从外面进来一个四十岁左右的外地人。这个人操着浓重的山西口音,推门进来了。燕姐见他是外地人,就笑着说,本来要关门的,看你第一次光顾,就再等你半小时吧。来人要了一杯酒,两样小菜,掏出一支雪茄点上,很是放松和自信。燕姐送酒时,他开了口:"燕姐,托您办件事如何?"

第一场雪正纷纷飘落,燕姐爱雪,心情就大好。她来了兴致:"请讲!"

这人抽了口雪茄,低声说:"请您把这条里仁街,一户一户地给我盘过来!"

啊!燕姐心里一怔,以为这人是说笑,但见他神情严肃并不像儿戏,就笑着说:"你真要盘这条老街?"

"是的!"

"这些老户可都不一定卖啊!"

"加钱啊。另外,我给您百分之十的帮忙费!"这人郑重地说。

"请问先生在哪里发财？为何要盘下这条老街？"燕姐想探探虚实。

这人微笑一下，一字一句地说："这条街上有我祖上开的钱庄——瑞晋昌，药号——瑞福堂！你这回春堂也是我祖上的商号。"

"啊，这么说你家祖上就在此经商？"

"亳州是我家的福地，祖上在此地起家，光绪年才搬走。"

这人停一下，又说："可能我说的您也不太信，这山陕会馆就是我祖上在清顺治年牵头兴建的！"

燕姐又是一惊，现在已经是国宝级文物的山陕会馆是他家祖上建的？这么说，这人来头不小啊！

这时，酒馆里喝酒的六七个人也都支着耳朵在听他们谈话。一位老年酒客说："这位先生，难道说你姓王？"

这人扭头看着老年酒客说："老先生，我祖上姓王讳名璧公，您也许应该听说过！"

啊！酒客们不由自主地都发出惊奇之声。

燕姐见众人都围过来,就笑着说:"各位,今天到此为止吧。我和这位先生还有事要谈!"

众人都不太情愿地离开。这样的稀奇事,谁不想多知道点呢。说不定就是大商机。

第二天,燕姐就开始给老酒客们说,谁认识这街上的住户都操点心,买卖成了,都有钱赚的!

快三十年了,来这里喝酒的人对燕姐的情况,依然不甚了解。没人见过他有男人,也更没见过她的孩子,可以肯定的是她依然单身。不少人打探过她的身世,她是一笑而过,并不深说。对老酒客的问询,最多是端起酒杯给你碰杯酒,笑着说:心里在想的都在酒里!

但是那个自称是王璧后代的神秘人和燕姐的谈话,酒客们是听到了的。接下来的日子,各种传说悄悄地散开去了。有人开始买沿街的铺面,开始价格比以前高出两成。五户成交后,价格直接翻倍。翻倍了还有人买,开始买的人又卖给后来的人;有的原住户悔恨当初卖便宜了,又翻倍加价买过来,再加价依然有人买。大家都知道,那个山西人要盘了这条街。

燕姐呢，只坐在酒馆里发订金，谁找到房源了就先给五万元订金。她说，王先生已把两个亿打到了她账户上，等房源都拿过来后，一次付清。

　　有人不惜价地要买，卖家当然不卖！谁都想价格一翻再翻。一年多了，燕姐仍没有订到半数房源，这条街总共只有六十四家铺面，卖过来卖过去的交易近两百次了，价格比一年前翻了三倍。

　　眼看着入了腊月，燕姐有些心急。她在酒馆里说："年前订的给十万订金！王先生明年正月就要来了。"

　　越是这样，愿意收燕姐订金的越少。马上就要过年了，人们都等着年后王先生出高价呢！这个春节里，手里有里仁街铺面的人，心里那是个美啊：真他妈的过个肥年！

　　正月十六到了，回春堂酒馆没有开门。酒客们有点急了，这二十多年了都是正月十六开张啊。难道燕姐出个点啥事？有人焦急，就有人打趣说，不会的，兴许燕姐跟那王先生正在国外度假呢！

　　二月二过了，回春堂酒馆依然没有开门。老酒客们急了,手里拿着铺面的人心里更急。有人开始感觉不妙:会不会是燕姐和王先生做局?那些二次出手的新房东都是他们的人吧!

做局不做局,现在没有定论,反正燕姐是再也没有出现过。

一个手里拿着三间铺面的老酒客,酒醉后在回春堂酒馆门前,嚎啕大哭:"这局人家做了二十多年啊!我他妈活该!"据说,这天夜里,这个老酒客就上吊自杀了。

回春堂酒馆招牌被人砸了,从此再没有开过门,现在门上挂满了蜘蛛网。

后　记
酒还是酒

关于饮酒，我以为每个人有每个人的体味，各有各的认知。我饮酒三十多年了，所见可谓不少。总体说来，我认同饮酒的三重境界之说。

第一重境界，酒就是酒，杯中只见自己。

喝酒就是为了快乐，喝酒就是为了解忧，喝酒就是因了友情或亲情，喝酒就是一种仪式。这就是我等众生的俗世生活。酒可以名贵，亦可劣糟新出，只要是酒，举杯皆可饮。一杯酒下肚，享受的是自己，遇见的是自己，安慰的是自己，解脱的是自己。酒醉天地我为大，岂不痛快！

第二重境界，酒已不是酒，杯中可见日月天地。

这时候，酒已经不是酒，而是宇宙万物、悲天悯人的载体。举杯遥望明月星辰,思千古之悠悠,圣贤皆寂寞,李白饮下的其实是半个盛唐的悲欢。其人虽已没,千载有余情,在陶渊明眼里荆轲千年前喝下的酒,依然可以大醉后人。这时,酒已经不再是酒,而幻化成天地人间,无限幽思。

第三重境界,酒还是酒,杯中仍是自己。

唐代禅宗大师青原惟信说:老僧三十年前未参禅时,见山是山,见水是水;及至后来,亲见知识,有个入处,见山不是山,见水不是水;而今得个休歇处,依前见山只是山,见水只是水。美酒是禅,只要悟得真谛,山可以饮、月色可以饮、风可以饮、鸟鸣可以饮,万物皆可以是酒。这杯酒,已然是心中之酒;这杯酒,只为自己救赎,只为自己重生。

酒还是酒,酒中见到的还是自己。

众生皆有命,天地大无言,人生达命岂暇愁。

何不迎风举杯盏,且饮美酒上高楼!

快哉! 快哉!